3. Auflage, überarbeitet und erweitert

Impressum:

© 2022 Josef Peters
Herstellung und Verlag: BoD – Books
on Demand, Norderstedt
ISBN 978-3-7557-8562-0

Haben Sie Interesse an ein wenig Naturwissenschaft?
Interessieren Sie sich ein wenig für Philosophie?
Haben Sie Spaß an Paradoxa?
Haben Sie einfach nur Lust auf Spannung?
Dann ist „Paradox" genau der richtige Lesestoff.

Der Autor

Josef Peters, Jahrgang 1963, lebt in Aachen. Er ist Diplom-Kaufmann und Studiendirektor an einem Berufskolleg. Sein erstes Buch, ein Schulbuch zur DV-gestützten Finanzbuchhaltung, veröffentlichte er im Jahr 2003. „Paradox" ist sein erster Roman, erstveröffentlicht 2009, dem 2014 und 2022 die weiteren Romane „I'm dreaming" und „Pulsar" folgten.

Für Vera, Sara, Jana

Josef Peters

Paradox

Roman

KAPITEL 1

Freitag, 17. Juli

Sebastian Wimmer war froh, das Laborgebäude heute Morgen ohne den fast schon obligatorischen Stau erreicht zu haben. Er stieg gerade aus seinem alten VW Golf III aus, als er am gegenüberliegenden Ende des Parkplatzes Susanne Schlömer aus ihrem Cabrio, einen Peugeot 207 CC, aussteigen sah.

Sein Wagen war schon über fünfzehn Jahre alt. Bei diesem Alter war es nicht verwunderlich, dass ihn das Auto hin und wieder mit dem einen oder anderen Defekt überraschte. Doch heute verlief die Fahrt zum Glück völlig problemlos. Er hing an diesem Fahrzeug. Es war sein erstes Auto, und er war nicht der Typ, der sich sonderlich für Autos interessierte oder immer das neueste Modell fahren musste. Solange sein Golf noch fuhr, würde er ihm wohl treu bleiben.

Susanne Schlömer war da schon ein wenig anders. Für sie war wichtig, dass ihr Fahrzeug immer recht neu war. Dazu musste das dann auch noch unheimlich chic sein. Technische Daten waren ihr dabei letztlich ziemlich egal. Typisch Frau, dachte Wimmer. Das erinnerte ihn an eine alte Bekannte. Die war in dieser Beziehung ähnlich gestrickt wie Susanne Schlömer. Eines Tages sagte sie nämlich zu Sebastian:

„Du, ich habe mir ein neues Auto gekauft."
„Oh, schön. Was denn für eins?"
„Ein rotes!"

„Hi Susanne!", rief Wimmer seiner Kollegin schon von weitem zu.

Es war Freitagmorgen und sie waren beide recht früh dran. Gewöhnlich trudelten sie gegen acht Uhr dreißig ein. Heute trafen sie sich bereits um sieben Uhr fünfundvierzig vor dem Gebäude.

Das Wetter war an diesem Julitag eher schlecht. Nachdem es am Tag zuvor ein kräftiges Hitzegewitter gegeben hatte, welches die Schwüle des Tages vertrieben und für ein wenig Kühlung gesorgt hatte, hatte sich der Himmel nicht wieder richtig aufgetan. Es war heute Morgen stark bewölkt und recht frisch.

„Was ist denn mit dir los? So früh schon unterwegs?", entgegnete Schlömer ihrem Kollegen scherzhaft.

„Bei dem Wetter macht alles andere als früh arbeiten zu gehen keinen Sinn", erwiderte er.

Eine Bemerkung darüber, dass heute auch kein Cabrio Wetter sei, verkniff er sich. Er wusste, dass sich Schlömer über solche Bemerkungen unheimlich aufregen konnte. Eigentlich war das ja gerade der Reiz, es doch zu sagen, aber früh am Morgen wäre Schlömer vermutlich noch nicht schlagfertig genug gewesen, um sich zu wehren und ihm eine passende Antwort zu geben. Und wenn sie sich nicht wehrte, machte es deutlich weniger Spaß, sie zu ärgern.

Sebastian Wimmer war Anfang dreißig, mittelgroß und schlank. Seine Haare trug er immer ziemlich kurz geschnitten, vermutlich um den immer weiter zurückweichenden Haaransatz nicht zu sehr zu betonen. Eitel war er nicht, doch recht selbstbewusst und mit einer gehörigen Portion Humor ausgestattet. Wimmer hatte auch die Eigenschaft, über sich selbst lachen zu können, wenn ihm einmal ein Missgeschick passierte. Das fand Schlömer recht sympathisch.

Bis gestern Abend hatten sie mit Dr. Andres im Büro gesessen und die Daten und Messwerte ihres Experiments zusammengefasst und dokumentiert. Er liebte es, Experimente theoretisch vorzubereiten, zu durchdenken und durchzuführen. Das war es, was Wimmer interessierte und immer wieder motivierte, sich in neue Projekte einzuarbeiten. Der anschließende Schriftkram war nicht sein Ding.

Da war Schlömer ganz anders als Wimmer. Wenn es darum ging, Forschungsanträge zu stellen, geschickte Formulierungen zu wählen oder Dokumentationen, die sich an Experimente anschlossen zu verfassen, dann war Schlömer in ihrem Element.

Dr. Andres, ihr Vorgesetzter, war aber in jedem Fall immer die treibende Kraft. Er brannte nur so vor Energie, Einfallsreichtum und Tatkraft. Leerlauf, Langeweile oder Freizeit waren Begriffe, die es in seinem Vokabular scheinbar nicht gab. Seine gesamte Lebensenergie schien er in den Beruf zu stecken.

Sie überquerten den Parkplatz und gingen den gepflasterten Fußweg, der über den Rasen zum Laborgebäude führte. Der Weg war von Blumenbeeten gesäumt und von dichtem Blätterwerk der Baumkronen überdacht. Der Weg wirkte dadurch wie eine kleine Allee.

Sie betraten das Laborgebäude, hielten ihre Ausweise vor das Lesegerät für die Zeiterfassung und gingen weiter über den Flur im Parterre. Sie waren in der glücklichen Lage, das gesamte Gebäude mit einigen Laborräumen und Büros für sich alleine zu haben. Andere Forschungs- und Arbeitsgruppen verteilten sich auf angrenzende Gebäude.

Sie erreichten das Labor. Es überraschte sie nicht, dass die Tür offen stand und alle Räume beleuchtet waren. Dr. Andres war sicherlich auch heute wieder vor ihnen im Labor angekommen und schon fleißig. Oder er war vielleicht wie vorgestern Abend gar nicht erst nach Hause gegangen und war wieder im Labor eingeschlafen.

„Auf Dauer ist sein Lebenswandel nicht sehr gesund", meinte Schlömer, „der kennt nur seine Arbeit und gönnt sich nie Entspannung oder Abwechslung".

Wimmer meinte: „Irgendwann bricht er einmal zusammen. Der macht, glaube ich, nie eine Pause."

„Guten Morgen Dr. Andres!", rief Schlömer, erhielt aber keine Antwort. Sie hingen ihre Jacken an die Garderobe, durchquerten das Labor und erreichten das Büro.

Schlömer öffnete die Tür, die nur angelehnt war.

„Guten Morgen, Dr. Andres", rief sie noch einmal.

Auch diesmal erhielt sie keine Antwort.

„Er wird wohl beim Kopierer sein", meinte Wimmer.

Sie betraten den Raum und was sie dann sahen, füllte sie mit Entsetzen. Sämtliche Aktenschränke, die an der linken Seite des Raumes standen, waren geöffnet. Aus den meisten waren die Schubladen herausgerissen, die auf dem Boden verteilt lagen. Der Fußboden war übersät mit Akten, Unterlagen und Schriftstücken. Die Schreibtische waren verschoben und die Stühle lagen umgekippt auf dem Boden. Die Monitore waren, offenbar durch das Verschieben der Schreibtische, umgefallen.

„Was um Himmels Willen ist hier passiert?" fragte Wimmer. „Hier sieht es ja aus, als hätte eine Bombe eingeschlagen."

Im selben Moment sah er Füße, die unter einem Schreibtisch hervor lugten. Er bückte sich, um unter den Schreibtisch zu sehen. Er erkannte, dass es Dr. Andres war, der dort lag.

„Dr. Andres, Dr. Andres!", schrie Schlömer.

Dr. Andres rührte sich nicht. Er lag in einer sehr unnatürlichen Stellung unter dem Tisch. Sie zogen ihn vorsichtig an den Füßen unter dem Schreibtisch hervor. Sein Arbeitskittel war zerrissen. Erst als sie ihn ganz heraus gezogen hatten, sahen sie, dass sein Kopf in einer Lache von getrocknetem Blut gelegen hatte. Sein Gesicht war vollständig blutverschmiert. Auch der Arbeitskittel war voller Blut. Dr. Andres war tot.

13

Schlömer schrie vor Entsetzen.

„Oh, mein Gott", entfuhr es Wimmer.

Beim Anblick des Toten und des Blutes wurde ihm übel. Er musste schnell aufstehen und wegsehen, wenn er sich nicht übergeben wollte. Schlömer schlug die Hände vor ihr Gesicht und war starr vor Schreck.

„Hier muss ein Kampf stattgefunden haben", sagte Wimmer, dessen Hände vor Aufregung zitterten.

Alles war in Unordnung. Im Büro sah nichts mehr so aus, wie sie es noch gestern Abend verlassen hatten.

„Ich habe da keine Ahnung von", schluchzte Schlömer, „ich habe doch noch nie einen Toten gesehen, aber, aber… es sieht aus, als hätte man ihn erschossen."

Wimmer nickte nur. An der linken Schläfe sah es nach einem Einschussloch aus, wenn es auch durch das viele Blut nicht sofort als solches erkennbar war. Aber auch er hatte noch nie einen Toten, geschweige denn einen Ermordeten, gesehen.

„Vermutlich hast du Recht", bestätigte er halbherzig und half der kreidebleichen Schlömer, sich auf einen Bürodrehstuhl, den er aufgehoben hatte, zu setzen.

Auch er setzte sich hin und versuchte ruhig durchzuatmen.

Spontan fielen ihm die vielen Fernsehkrimis ein. In den Krimis schienen die beteiligten Personen immer genau zu wissen, womit sie es zu tun hatten.

„Der ist tot, erschossen…", sagten im Film selbst die unerfahrensten Menschen seelenruhig. „Kripo Köln, hier mein Dienstausweis", und sofort erkannten auch die unerfahrensten Personen, dass es sich um einen echten Dienstausweis der Polizei handelte.

„Wir müssen sofort die Polizei anrufen", sagte Schlömer.

„Ja, und wir dürfen in der Zwischenzeit hier nichts mehr anfassen oder verändern, wegen der Spurensicherung", sagte Wimmer.

„Hoffentlich haben wir nicht schon zu viel verändert. Schließlich haben wir Dr. Andres schon angefasst und unter seinem Schreibtisch hervorgezogen", sorgte sich Schlömer.

„Nein, das glaube ich nicht", sagte Wimmer. „Wir mussten doch wenigstens nachsehen, ob die Person unter dem Schreibtisch vielleicht noch lebt. Wir hätten dann vielleicht noch Erste Hilfe leisten können.

Aber bis die Polizei eintrifft müssen wir versuchen, ganz ruhig zu bleiben und zu verstehen, was hier passiert ist… Wir müssen überlegen, wie wir uns verhalten, was wir der Polizei sagen dürfen und was nicht."

„Wieso überlegen, was wir nicht sagen dürfen? Ist es nicht offensichtlich, was hier passiert ist? Was sollten wir nicht sagen dürfen? Wir haben doch nichts damit zu tun", sagte Schlömer verwundert.

„Vielleicht hat es etwas mit unserem Experiment von vorgestern zu tun. Ich glaube, die Tragweite ist uns selber noch gar nicht bewusst genug... Wir sollten besser nichts davon sagen", erklärte Wimmer. Schlömer nickte, war sich aber nicht sicher, ob das nicht die Polizeiarbeit beeinträchtigen würde. Aber vermutlich hatte Sebastian recht.

KAPITEL 2

Rückblende: Mittwoch, 15. Juli

Es war Mittwochabend und schon ziemlich spät. Dr. Andres war im Moment nicht ganz bei der Sache. Er hatte Dienstagabend wieder in der Betriebssportgruppe Basketball gespielt. Neben seinem Beruf war dieser Sport sein einziger Ausgleich.

Seine Eltern waren schon früh gestorben und er hatte keine Geschwister. Da er auch schon seit Jahren keine Beziehung mehr zu einer Frau eingegangen war, bestand sein Leben zurzeit eigentlich nur noch aus der Arbeit im Büro und dem Sport.

Beim Werfen auf die Körbe stieß er gestern auf ein Paradoxon, das Simpson-Paradoxon, das ihn faszinierte. Er zeichnete die folgende Tabelle:

	Spieler 1			Spieler 2		
	Treffer	Würfe	Erfolgs-quote	Treffer	Würfe	Er-folgs-quote
Versuch 1	10	10	100 %	70	80	87,5 %
Versuch 2	20	30	66,7 %	10	20	50 %
Gesamt	30	40	75 %	80	100	80 %

17

Spieler 1 und Spieler 2 warfen mit ihren Bällen auf die Körbe. Obwohl Spieler 1 sowohl im ersten als auch im zweiten Versuch jeweils eine bessere Erfolgsquote hatte, hatte Spieler 2 insgesamt die höhere Erfolgsquote. Wie konnte das sein?

„Und was passiert als Nächstes?", unterbrach Susanne Schlömer seine Gedanken.

„Ganz langsam!" antwortete Dr. Andres. „Eins nach dem Anderen... Ist die Kugel fest montiert?"

„Ja", antwortete sie.

Die Kugel hatte einen Durchmesser von 3,50 m und bestand aus einem besonders harten, bruchsicheren und hitzeunempfindlichen Glas. Alleine die Herstellung und die Lieferung dieser Kugel kostete die Abteilung von Dr. Andres ein Vermögen. Schläuche, Kabel, Messgeräte, Schaltungen, verschiedenste Apparaturen und nicht zuletzt das diffuse Licht erweckten den Eindruck als befände man sich im Labor des Dr. Frankenstein. Der gesamte Raum war abgedunkelt, damit die extrem lichtempfindlichen Hochgeschwindigkeitskameras alles, was in der Glaskugel vor sich ging aufnehmen konnten, ohne durch externes Licht gestört zu werden und damit falsche Informationen aufzuzeichnen.

„Ist die Kugel völlig luftleer?" wollte Dr. Andres wissen.

„Ja", bestätigte Wimmer, „vollständiges Vakuum".

„Ist der Wasserstoffbehälter angeschlossen?"

„Ja"

„Dann positionieren Sie bitte die Kameras und stellen Sie sicher, dass sie fixiert sind."

Dr. Andres war ein hochgewachsener Mann. Er war Ende vierzig, wirkte aber deutlich jünger. Sein volles Haar war nur von wenigen grauen Strähnen durchzogen, die nur, je nachdem wie das Licht einfiel, ein paar silberne Reflexe von sich gaben. Er liebte saloppe Kleidung. Anzüge und Krawatten waren ihm immer ein Gräuel. Aber stets trug er seinen weißen Arbeitskittel. Er arbeitete seit nunmehr fünfzehn Jahren bei CS in Aachen, der alten Kaiserstadt.

Der Standort des Unternehmens war nicht gerade unattraktiv. Aachen liegt unmittelbar im Dreiländereck. Deutschland grenzt hier an Belgien und die Niederlande. Mit der RWTH, der Aachener Hochschule in unmittelbarer Nähe hatte man auch in wissenschaftlicher Hinsicht einen starken Kooperationspartner. Im Süden der Stadt, in einem groß angelegten Gewerbegebiet, hatte man von den meisten Gebäuden aus, zumindest in südliche Richtung einen Blick ins Grüne.

Der allgemeine Trend in Deutschland, die Sprache mit immer mehr Anglizismen anzureichern, hatte auch hier seinen Zugang gefunden. Vor fünf Jahren firmierte das traditionelle Unternehmen Chemiewerke Marberg in „CS" (Chemical Solutions) um. Der Name passte auch besser zu einem Unternehmen, das sich mittlerweile als „Global Player" auf den internationalen Märkten etabliert hatte. Zwar hatte CS nur etwa 300 Beschäftigte, spielte aber im Bereich der Hi-Tech-Lösungen eine nicht unbedeutende Rolle.

„Hochenergiestrahler exakt auf Mitte der Kugel ausgerichtet?" fragte Dr. Andres nach.

„Ja", antwortete Schlömer, „doch warten Sie, ich messe lieber noch einmal nach."

Susanne Schlömer und Sebastian Wimmer waren Mitarbeiter von Dr. Andres. Schlömer war deutlich jünger als Dr. Andres, und beeindruckte ihn immer wieder durch ihre Energie und ihre scheinbar niemals enden wollende Neugierde. Außerdem schätzte er an ihr, dass sie auch gerne Routineaufgaben, vor allem schriftliche, erledigte. Ihm und Wimmer war der Schriftkram eher eine Belastung. Schlömer war mit 1,68 m nicht sehr groß, gehörte aber auch nicht mehr zu den kleinen. Ihr langes dunkles Haar trug sie meist offen, heute aber zu einem Pferdeschwanz gebunden, was ihr in Kombination mit ihrer schlanken Figur, dem T-Shirt unter ihrem weißen Kittel, ihrer Jeans und den Turnschuhen etwas Schulmädchenhaftes verlieh.

Alle drei arbeiteten in der Forschungs- und Entwicklungsabteilung von CS. Ihre kleine Abteilung war ein Ableger der Forschungsgruppe „Brennstoffzelle". Seit Monaten untersuchten Sie das Verhalten von Wasserstoff in unterschiedlichsten Umgebungen, in Kombination mit unterschiedlichsten Gasen und unter Zuführung unterschiedlichster Energiemengen.

„Alle Hochenergiestrahler exakt auf das Zentrum der Kugel fokussiert", bestätigte Schlömer.

Heute sollte eine Wasserstoffreaktion herbeigeführt werden, bei der der gesamte Explosions- und Verbrennungsprozess akribisch dokumentiert werden würde.

Wie in vielen anderen Forschungsbereichen auch, hatten ihre Experimente immer etwas Ungewisses. Sicherlich, man wollte mit dem Experiment ein bestimmtes Resultat erzielen. Man hatte einen gewissen Plan, eine gewisse Vorstellung und stellte umfangreiche Überlegungen und Berechnungen an. Aber letztlich konnte man nur hoffen, ein interessantes, brauchbares und damit vermarktbares Ergebnis zu erzielen, ohne wirklich genau zu wissen, was tatsächlich als Ergebnis des Experiments herauskommen würde.

Das ist auch in vielen Bereichen der medizinischen Forschung so. Millionenbeträge werden in die Forschung und in die Entwicklung neuer Medikamente gesteckt. Vielleicht findet man dabei irgendwann einmal ein Mittel gegen die Geißeln unserer Gesellschaft, Krebs und Aids. Oder man findet es trotz intensivster Bemühungen und Forschungen eben nicht. Und wenn man aus Forschersicht Pech hat, findet es die Konkurrenz auch noch eher.

Für die enorme Energie, die bei diesem Experiment zum Einsatz kommen sollte, wurden im Labor erstmalig Hochtemperatursupraleitungen aus Yttriumbariumkupferoxid eingesetzt, die bereits bei -135° C vergleichsweise kostengünstig supraleitend sind. Energieverluste durch den Widerstand des leitenden Mediums, der sich insbesondere durch Abgabe von Wärme bemerkbar macht, wurden dadurch vermieden.

Um die Kugel würde während des Experiments ein hochenergetisches Magnetfeld dafür sorgen, dass eventuell die Kugel verlassende Energien aufgefangen würden, ohne dass das Labor dabei in Schutt und Asche gelegt würde. Sicherheit genoss bei Dr. Andres stets höchste Priorität.

„Ich bin alle Sicherheitsvorkehrungen noch einmal durchgegangen. Ich bin mir sicher, dass uns kein Fehler unterlaufen ist. Susanne, jetzt wird es ernst".

Susanne nannte Dr. Andres seine Assistentin nur dann, wenn er entweder sehr gut gelaunt oder extrem angespannt war.

„Ab in den Sicherheitsraum und dann wird gezündet".

Schlömer hatte bereits viele Experimente mit Dr. Andres gemeinsam durchgeführt. Sie kannte ihn als akribisch genauen Wissenschaftler und Forscher, der ein Experiment selbst bei der geringsten Unstimmigkeit unterbrach, um den Fehler zu finden und zu beheben. Obwohl sie ihm sehr vertraute, blieb doch eine gewisse Nervosität übrig. Nie hatten sie diese Energiemengen auf einmal freigesetzt.

Vermutlich würde ein energiereiches Plasma entstehen. Über die gemessene Energiemenge, Temperatur und Strahlungsdauer erhoffte das Team neue, kleine Puzzlestückchen im Gesamtbild ihrer Grundlagenforschung zu gewinnen.

„Wasserstoff freigeben!", „Ionisierte Gase freigeben!",

„Magnetfeld aktivieren!" befahl Dr. Andres.

„Wasserstoff freigegeben, Gase freigegeben, Magnetfeld ist aktiviert" bestätigte Wimmer.

Auf den Bildschirmen erschienen grüne Symbole als Bestätigung, dass die Anlage störungsfrei lief. Das dumpfe Brummen der Aggregate lieferte dazu den hörbaren Beweis, dass das Magnetfeld aufgebaut war.

„Drei, zwei, eins, … go!" Dr. Andres drückte den entscheidenden Knopf.

Eine ohrenbetäubende Detonation ließ die Wände des Schutzraumes erzittern, obwohl er zwanzig Meter Luftlinie von der Kugel, getrennt durch massive Wände und diverse Gänge, entfernt lag. Das gesamte Gebäude schien sich zu bewegen.

Und dann kehrte fast augenblicklich absolute Ruhe ein. Erst nach einer halben Minute, einer gefühlten Ewigkeit, waren ihre Ohren wieder in der Lage, das Brummen der Aggregate zu hören.

Schlömer schaltete das Magnetfeld aus. Jetzt wurde es ganz ruhig. Nervliche Anspannung lag fühlbar in der Luft.

Aufgeregt liefen die drei zum Labor. War die Kugel explodiert? Hatte das Magnetfeld standgehalten? Was hatten die Kameras, die in sicherer Entfernung aufgebaut waren, aufgezeichnet? Würde man überhaupt irgendwelche Erkenntnisse aus dem Experiment gewinnen oder in Kürze das Gespött der Kollegen ertragen müssen: „Mensch, Andres, die Kugel hättest du auch mit weniger Geldmitteln zerdeppern können."

So oder so ähnlich malte sich Andres schon die Kommentare aus, falls sein Experiment gescheitert wäre. Schlagzeilen in den Zeitungen würden von einem verrückten Pseudowissenschaftler berichten, der ein Labor in die Luft sprengte. Die Fachwelt würde ihn zerreißen. Seine wissenschaftliche Karriere wäre vermutlich zu Ende.

Sie erreichten den Raum, betraten ihn vorsichtig, betätigten die Lichtschalter und sahen sich um.

Sie sahen vor sich ein völlig unspektakuläres Labor. Alle Gerätschaften, Kabel, Schläuche waren unverändert in ihrer Ausgangsposition. Nichts schien sich verändert zu haben. Etwas verwirrt und enttäuscht näherten sie sich der Kugel. Selbst diese schien völlig unverändert. Nur bei genauem Hinsehen konnte man am Boden der Kugel ein wenig dunklen Staub erkennen.

„Schlömer, ich glaube, das war der teuerste und ergebnisloseste Knall unserer bisherigen gemeinsamen Forschung", sagte Dr. Andres.

Schlömer stand daneben, den Tränen nahe, unfähig zu antworten.

Andres sagte: „Aber zur Routine unserer Forschung gehört, dass wir das Experiment, unabhängig vom Ausgang, gewissenhaft und vollständig dokumentieren und abschließen."

„Ich beginne schon einmal mit den Protokollarbeiten", seufzte Schlömer.

„Wimmer, Sie sammeln bitte den Staub aus der Kugel hier in diesen Behälter. Und ich überspiele die Daten der Kameras", ergänzte Andres, und begab sich in das angrenzende Büro.

Wimmer hatte gegen zwanzig Uhr Feierabend gemacht. Dr. Andres und Schlömer waren seitdem alleine im Büro. Mittlerweile war es schon nach dreiundzwanzig Uhr, als Schlömer gähnend meinte: „Doc, ich kann nicht mehr. Ich fahre nach Hause und gönne mir ein wenig Ruhe und Abstand zum heutigen Tag."

„Kann ich verstehen", erwiderte Andres.

„Dann bis morgen, ... ich schau noch ein wenig in die Aufnahmen. Die sind gerade fertig überspielt."

KAPITEL 3

Donnerstag, 16. Juli

Am nächsten Morgen erschien Schlömer wie immer pünktlich im Labor. Sie freute sich auf die erste Tasse Kaffee und bereitete sich innerlich schon einmal auf die restlichen Dokumentationsaufgaben vor.

Als sie das Labor erreichte, stellte sie fest, dass die Türen bereits geöffnet waren und das Labor hell erleuchtet war. Obwohl sie schon recht früh gekommen war, war Dr. Andres offenbar noch vor ihr eingetroffen.

Sie rief „Hallo!" in das Labor, erhielt aber keine Antwort. Vorsichtig betrat sie das Büro, das ebenfalls hell erleuchtet war. Da sah sie Dr. Andres auf dem Stuhl sitzend, halb auf dem Schreibtisch liegend. „Es wird ihm doch nichts passiert sein?", fragte sie sich. Vorsichtig rüttelte sie an seinem Ärmel. „Doc, Doc, aufwachen, es ist schon Morgen", sagte sie und fragte sich, ob das in diesem Moment die passenden Worte zur Begrüßung waren.

Andres öffnete die Augen und blinzelte ins grelle Licht. „Was…, oh, ich muss eingeschlafen sein."

Jetzt traf auch Wimmer ein, warf seine Jacke über den Stuhl und seine Aktenmappe auf den Schreibtisch.

„Haben Sie denn noch lange gearbeitet?", wollte Schlömer wissen.

„Ja", und plötzlich war Andres hellwach, schaute sie aus großen Augen an und rief voller Begeisterung, fast euphorisch: „Susanne, Sebastian, das müssen Sie sich ansehen! Das müssen Sie sich einfach ansehen! Ich glaubte meinen Augen nicht, ich habe es mir mehrmals angesehen, Sie müssen es einfach sehen, kommen Sie, das müssen Sie…"

„Ja", unterbrach Schlömer seinen Wortschwall. „Wir sehen ja schon".

„Hier", sagte Dr. Andres, „das ist die Aufnahme von Kamera drei. Das ist bisher die beste Aufnahme, die ich gesehen habe. Das ganze Spektakel hat in Echtzeit nicht ganz zehn Sekunden gedauert. In Zeitlupe habe ich das Ganze auf sechzig Minuten gedehnt. Schlömer, Sie werden ihren Augen nicht trauen."

Er drückte auf den Startknopf und die Aufzeichnung wurde abgespielt. Erst sah man gar nichts. „Noch ein paar Sekunden, dann kommt die Zündung. Das müssen Sie sich ansehen!"

Nach ein paar Sekunden erschien der hochenergetische Lichtblitz.

„Passen Sie auf, ich zoome hinein."

Rund um das Zentrum bildete sich eine Wolke zunächst winzig, aber stetig wachsend.

„Schauen Sie, das ist das erwartete Plasma, die ionisierte Gaswolke. Aber jetzt..."

Aus dieser Wolke, die noch einen Durchmesser von nur wenigen Zentimetern hatte, bildeten sich winzige Lichtpunkte. Hunderte, tausende, abertausende von Lichtpunkten. Sie schienen aus der Wolke zu kondensieren, irgendwie zu entstehen. Kurz darauf bündelten sich diese Lichtpunkte zu Kugeln und Spiralen, während aus der Wolke ständig neue Lichtpunkte zu entstehen schienen. Alle Lichtpunkte und Ansammlungen von Lichtpunkten entfernten sich mit zunehmender Geschwindigkeit vom Zentrum der Kugel. Neue Lichtpunkte entstanden, andere schienen, begleitet von kurzen Lichtblitzen, zu explodieren.

Mittlerweile war eine unüberschaubare Menge von Teilchennebeln, Balken-, Spiral- und Kugelansammlungen von Lichtteilchen in der Kugel.

„Ich zoome weiter hinein", rief Dr. Andres begeistert.

Man konnte erkennen, wie sich die Spiralansammlungen langsam um ihr Zentrum drehten und aus tausenden von Lichtpunkten bestanden. Die Abstände der Teilchen und der Ansammlung von Lichtpunkten wurden zunehmend größer. Die Leuchtkraft wurde zunehmend geringer und annähernd am Rande der Kugel zerfielen die Reste der Lichtpunkte zu dem dunklen Staub, den die beiden Forscher am Boden der Kugel gefunden hatten.

„Wissen Sie, was wir hier gerade gesehen haben? Wissen Sie was wir hier gerade gesehen haben?" wiederholte er, um die Bedeutung seiner Fragestellung besonders zu betonen.

„Ich glaube, ..." stockte Schlömer, „ich glaube ich..., sagen Sie es."

„Wir haben gerade die gesamte Geschichte eines künstlich entstandenen Universums im Zeitraffer gesehen", sagte Dr. Andres andächtig fast flüsternd.

„Mit dem Urknall beginnend, haben wir aus einem Plasmanebel heraus die Entstehung von Sternen gesehen. Die Sterne haben sich zu Galaxien gefunden und sind in einem expandierenden Universum letztlich dem Kältetod erlegen. Gängigen Theorien zufolge ist das ein Schicksal, das auch unser Universum ereilen kann."

„Und mitten drin haben wir sterbende Sterne als Supernovae gesehen", ergänzte Schlömer, „und am Ende blieben nur noch schwere ausgebrütete Elemente übrig, die sich als Staub am Boden der Kugel abgesetzt haben."

Andächtige Stille kehrte ein. Andres, Wimmer und Schlömer schauten sich schweigend an.

Gleichzeitig löste sich für Dr. Andres auch ein weiteres Paradoxon, das ihn faszinierte: Das Olberssche Paradoxon. „Das Olbenssche Paradoxon beschreibt einen Widerspruch, der sich aus der Annahme eines homogenen statischen sowie zeitlich und räumlich unendlichen Universums ergibt", erklärte Dr. Andres.

Er fuhr fort: "Wenn es nämlich unendlich viele Sterne im Universum gibt und diese gleichmäßig verteilt sind, dann müsste unter dieser Annahme in jeder Blickrichtung ein Stern erscheinen und der Himmel wäre überall so hell wie die Sonne. Da dies nicht der Fall ist, liegt es vermutlich daran, dass die Sterne eben nicht gleichverteilt sind und das Universum nicht unendlich groß ist. Nach außen hin nimmt das Universum, wie wir gerade alle gerade in der Glaskugel beobachten konnten, in der Sternendichte deutlich ab."

„Kann man nicht weiter hinein zoomen um zu sehen, ob auch Planeten entstanden sind?" fragte Wimmer, unsicher, ob er jetzt nicht völligen Blödsinn fragte.

„Leider nicht", erwiderte Dr. Andres aber todernst.

„Zeit ist relativ", dozierte er nun, „und Zeit ist kontinuierlich. Jede Sekunde lässt sich unterteilen in zehntel-, hundertstel Sekunden und so weiter. Die heutige Physik arbeitet bereits im Bereich von Attosekunden, das sind normale Sekunden mal zehn hoch minus achtzehn. Das entspricht ungefähr der Zeit, die ein Elektron benötigt, um eine kleine Wegstrecke um einen Atomkern zurückzulegen. In einer Sekunde stecken theoretisch mehr Attosekunden als bisher Sekunden seit dem Urknall unseres Universums vergangen sind."

„Das heißt, in diesen Maßstäben gerechnet", folgerte Schlömer „könnten theoretisch in unserem Miniuniversum Planeten entstanden sein, auf denen sich vielleicht im Laufe von Milliarden von Attosekunden intelligentes Leben gebildet hat. Und dieses intelligente Leben hat vielleicht von seinem Planeten aus ein expandierendes Universum, das aus einem Urknall entstanden ist, beobachtet und erforscht...faszinierend!"

Wie groß und gleichzeitig winzig kamen sich die Wissenschaftler in diesem Moment vor!

Wimmer schaute Dr. Andres und Schlömer an und schmunzelte: „Jetzt würde mich brennend interessieren, wer gerade in seinem Labor mit unserem Universum spielt."

KAPITEL 4

Freitag, 17. Juli

Während Schlömer die Polizei anrief, schaute sich Wimmer um. Er versuchte, möglichst nicht auf Unterlagen zu treten oder irgendetwas zu verändern. Er bemühte sich sogar möglichst keine Fingerabdrücke zu hinterlassen. „Völliger Blödsinn", dachte er nach einer Weile. In meinem Büro wimmelt es ohnehin nur so von meinen Fingerabdrücken", und musste ein wenig über sich selber lachen.

Das Büro war ziemlich geräumig. Im Zentrum des Büros waren die drei Schreibtische so angeordnet, dass zwei Schreibtische mit der Längsseite aneinander standen und der dritte quer den Kopf der Tischgruppe bildete. Dieser Schreibtisch war der Arbeitsplatz von Dr. Andres gewesen. An den Wänden standen Regale mit meterweise Fachliteratur und Platz für dutzende Aktenordner. Zwischen den Regalen befanden sich Aktenschränke mit Schubladen für Hängemappen. Gegenüber der Eingangstür befand sich ein großes Fenster. Da das Laborgebäude etwas außerhalb des eigentlichen Unternehmenskomplexes lag, konnte man aus dem Fenster den Blick auf den angrenzenden Wald genießen.

„Was machst du da?", fragte Schlömer vorwurfsvoll. „Lass alles liegen, bis die Polizei eingetroffen ist."

„Aber vielleicht finden wir einen Anhaltspunkt, wer der oder die Täter waren. Vielleicht sehen wir etwas, was uns etwas sagt, mit dem die Spurensicherung aber nichts anfangen kann."

„Fasse nichts an!", kommandierte Schlömer.

Bisher stand sie durch das heftige Erlebnis unter Schock aber mittlerweile ließ die innere Anspannung bei ihr etwas nach und sie realisierte, was sich hier zugetragen hatte. Sie begann heftig zu weinen und setzte sich wieder schluchzend auf den Bürodreh-stuhl. Wimmer legte den Arm um sie und versuchte sie zu trösten, obwohl auch bei ihm mittlerweile die Nerven blank lagen.

„Wir waren gestern Abend zuletzt mit ihm zusammen im Büro", sagte Wimmer, „und sind dann gemeinsam zum Parkplatz gegangen".

„Ja, und?", schluchzte Schlömer.

„Was hast du denn danach gemacht?", fragte Wim-mer. „Hast du ein Alibi? Schließlich waren wir die letz-ten, die ihn lebend gesehen haben."

„Nein, habe ich nicht. Ich bin nach Hause gefahren, habe mir etwas zu essen gemacht und bin gleich ins Bett gegangen. Ich war zu müde, noch irgendetwas zu unternehmen. Ist mir aber auch egal, ich war´s ja nicht."

„Dir vielleicht egal, der Polizei vermutlich nicht."

„Hast du denn eins?"

„Ich überlege gerade, ob ich irgendwem begegnet bin, ob ich irgendetwas gesehen habe, was mir als Alibi dienen könnte. Ich fürchte, dass ich auch kein Alibi habe. Aber Alibi hin, Alibi her, was uns fehlt ist schon das Motiv für eine solche Tat. Warum hätten wir das tun sollen?"

„Meintest du nicht eben, die Tragweite des Experiments sei uns noch gar nicht richtig bewusst? Ist berühmt zu werden, erfolgreich zu sein, kein Motiv? Mit Hilfe der Aufzeichnungen sind wir in der Lage, künstlich ein Universum zu erschaffen, Schöpfer zu spielen... Wenn das keine Begehrlichkeiten weckt..., aber außer uns weiß doch noch niemand davon, oder? Wo sind überhaupt unsere Aufzeichnungen?"

„Die liegen hier überall verstreut rum", sagte Wimmer. „Auf den ersten Blick scheint nichts Wesentliches zu fehlen. Aber an die Unterlagen und Aufzeichnungen wären wir doch auch jederzeit herangekommen, ohne Dr. Andres zu ermorden. Ich mache mir jedenfalls im Moment, was uns betrifft, keine Sorgen. Ist schon erstaunlich genug, dass wir uns Gedanken über uns machen, während wir neben der Leiche unseres Vorgesetzten sitzen."

Die Polizei erschien erwartungsgemäß mit großem Tross. Ein Kommissar, zwei Fotografen und mehrere Personen, deren Aufgabe darin bestand, die Spurensicherung vorzunehmen. Die Damen und Herren von der Spurensicherung waren, wie im Fernsehen, mit weißen Plastikanzügen, bekleidet. Sie machten sich daran, alles zu erfassen, auf Fingerabdrücke zu untersuchen, Spuren zu sichern, Verdächtiges zu foto-grafieren. Das volle Programm. „In jedem Krimi etliche Male gesehen", dachte Wimmer, „aber die Realität ist doch wesentlich beeindruckender und vor allem be-drückender".

Währenddessen sprachen Schlömer und Wimmer mit dem zuständigen Kommissar, Herrn Schütte.

Schütte war vermutlich Mitte fünfzig. Mit seiner etwas untersetzten Figur und seinem Jackett, dessen Ärmel deutlich zu lang waren, strahlte er auf den ersten Blick nicht unbedingt persönliche Autorität aus.

Erwartungsgemäß stellte er Fragen zum gestrigen Abend, zu vermuteten Motiven und zu Freunden und Feinden von Dr. Andres. Für Schütte schien die ganze Angelegenheit Routine zu sein. Nicht, dass er un-freundlich gewesen wäre, aber seine Fragen und der Tonfall, in dem er mit den beiden sprach hatte etwas ziemlich Emotionsloses.

„Wer hat den Toten heute Morgen gefunden?", wollte er wissen.

„Wir beide gemeinsam", antwortete Schlömer, die wieder mit den Tränen kämpfen musste.

„Wir sind heute Morgen gemeinsam hier angekom-men und haben Dr. Andres so vorgefunden. Wir ha-ben alles so gelassen, wie es war, ...wegen der Be-weise, Sie wissen schon. Nein halt, nur eine Verände-rung hat es gegeben. Wir haben Dr. Andres unter dem Schreibtisch hervorgezogen. Wir wussten ja zu diesem Zeitpunkt noch nicht, dass er tot, erschossen war".

In diesem Moment gewannen die Tränen bei ihr wieder Überhand.

Gleichzeitig gingen ihr Gedanken durch den Kopf: „Wir haben alles so gelassen, wie es war? Stimmt doch nicht. Wimmer hat doch alles Mögliche angerührt. Sollte ich das jetzt sagen? Warum sollten wir der Polizei gegenüber nichts vom Projekt erwähnen? Was hat Wimmer in der Zwischenzeit, in der ich mit der Polizei telefonierte, an sich genommen oder beiseite geschafft? Hat er doch ein Motiv?"

Der Kommissar wollte wissen, mit wem sich Dr. Andres zuletzt getroffen hatte, wie seine familiäre bzw. private Situation aussah und welche persönlichen und geschäftlichen Kontakte er in letzter Zeit hatte.

„Über sein Familienleben hat Dr. Andres nie viel erzählt", sagte Wimmer, „aber soweit wir wissen, war er ungebunden und hatte auch keinen Kontakt zu seiner Familie. Seit seine Eltern gestorben sind, wissen wir nicht einmal, ob überhaupt noch Familie existiert. Geschwister hatte er jedenfalls keine. Hat er zumindest einmal gesagt."

Noch während er dem Kommissar die gewünschten Informationen gab, dachte er an Schlömers Aussage. Wie sagte sie doch gleich? „Wir sind heute Morgen gemeinsam hier angekommen…", sagte sie.

Stimmte das überhaupt? Als er heute Morgen auf dem Parkplatz ankam, dachte er, sie wären gemeinsam angekommen. Aber er hatte Schlömer nicht ankommen sehen. Er hatte lediglich gesehen, wie sie am gegenüberliegenden Ende des Parkplatzes aus ihrem Auto stieg.

War sie etwa schon früher da gewesen? War sie bereits im Labor gewesen? Wie gut kannte er sie nach etwas über vier Jahren gemeinsamer Arbeit überhaupt?

„Womit befasst man sich denn in einem solchen Labor?" wollte der Kommissar wissen.

„In letzter Zeit haben wir fast ausschließlich an der Neuentwicklung beziehungsweise der Verbesserung bereits bestehender Brennstoffzellen geforscht", sagte Wimmer.

„Brennstoffzellen, ah so", notierte der Kommissar aber Wimmer und Schlömer hatten nicht den Eindruck als wüsste der Kommissar, worum es dabei überhaupt geht.

Schließlich entließ der Kommissar die beiden und sagte, der Tatort würde nun versiegelt. In einigen Tagen könnten sie den Ort sicherlich wieder betreten und für Ordnung sorgen, sagte der Kommissar grinsend.

KAPITEL 5

Mittwoch, 22. Juli

Hauptkommissar Schütte saß über seine Unterlagen gebeugt am Schreibtisch. Wie bei jedem neuen Fall musste er erst einmal Daten sammeln. Jede Menge Daten. Dazu gehörten alle Informationen, die er bisher von der Spurensicherung erhalten hatte. Und das waren, obwohl die bisher noch lange nicht alle Ergebnisse geliefert hatten, schon eine ganze Menge. Dann alle Informationen aus der Befragung der beteiligten Personen. Außerdem alle Informationen, die er sich in seinem Notizblock notiert hatte.

Unabhängig von der Spurensicherung hatte er es sich zur Angewohnheit gemacht, den Tatort selber eingehend zu untersuchen. Mit der Zeit hatte er dabei ein Gefühl entwickelt, Dinge zu sehen oder wahrzunehmen, die einem anderen neutralen Beobachter vielleicht überhaupt nicht aufgefallen wären.

Welche Rolle spielten die Mitarbeiter von Dr. Andres, Schlömer und Wimmer?

Wie war ihr Verhältnis zueinander?

Welches Verhältnis hatten sie zu Dr. Andres gehabt?

Hatten sie Familie?

Hatten sie ein Motiv?

Hatten sie ein Alibi?

Da musste er auf jeden Fall noch einmal nachhaken. Sein Telefon klingelte und riss ihn aus seinen Gedanken.

„Kommissar Schütte", meldete er sich.

„Happy Birthday to you, happy birthday to you…", sang eine Frauenstimme am Telefon.

"Sandra!" rief der Kommissar erfreut.

„Hi Paps", sagte Sandra am anderen Ende. „Möchte dir recht herzlich zum Geburtstag gratulieren."

Kommissar Schütte hatte zwei Kinder. Sandra war seine Tochter, mittlerweile 26 Jahre alt und arbeitete in der Erdbebenstation Bensberg. Sein Sohn, Stefan, war dabei, in seine Fußstapfen zu treten. Er arbeitete ebenfalls bei der Polizei.

„Das freut mich aber, dass du daran gedacht hast", meinte er.

„Du bist heute die erste Gratulantin. Und, na ja, du weißt schon, in meinem Alter ist das schon eher eine traurige Angelegenheit, wenn man schon wieder ein Jahr älter geworden ist."

„Aber Paps, zweiundfünfzig ist doch noch kein Alter!"

„Alte Charmeurin, du weißt genau, dass es der siebenundfünfzigste ist", lachte er.

„Wie geht es dir denn so an deinem Geburtstag?" wollte Sandra wissen.

„Eigentlich wie immer, Sandra. Von gestern auf heute hat sich da auch nicht viel geändert. Viel Arbeit. Wieder ein neuer Mordfall hier in Aachen, der mir noch viele Rätsel aufgibt. Ist aber normal. Ich befinde mich ja noch ganz am Anfang meiner Ermittlungen. Wie geht es dir denn?"

„Also, wenn du meine private Situation meinst, die ist seit der Trennung von Marvin unverändert. Aber mache dir da mal keine Sorgen.

Viel spannender ist da zurzeit meine berufliche Arbeit. Wir haben einen neuen geografischen Forschungsschwerpunkt."

„Klingt ja interessant", meinte Schütte, „worum geht es denn da?"

„Unser neuer Forschungsschwerpunkt liegt genau genommen bei dir um die Ecke", sagte sie lachend.

„Wie, bei mir um die Ecke?"

„Wir haben neue seismologische Messstationen aufgebaut. Neueste Generation. Damit kann man fast die Flöhe husten hören. Und, na ja, bei dir um die Ecke ist halt eine interessante Gegend."

„Wieso denn das?"

„Noch vor einigen zehntausend Jahren war die Eifel vulkanisch sehr aktiv. Du kennst doch in der Vulkaneifel die ganzen Maare. Das sind doch alles ehemalige, zurzeit inaktive Vulkane."

„Ja, das stimmt. Pulvermaar, Dauner Maar, Totenmaar,…, da sind wir als ihr noch klein wart öfters gewesen."

„Na siehst du, und in geologischen Zeitmaßstäben waren diese Vulkane quasi gestern noch aktiv. Darum haben wir von der Voreifel im Norden bis zum Hunsrück im Süden eine ganze Reihe dieser Messstationen installiert und sammeln fleißig Daten. Dabei hoffen wir immer etwas Interessantes herausfinden oder sogar prophezeien zu können."

„Besser ihr prophezeit keinen neuen Vulkanausbruch", lächelte Schütte.

„Nein, da mache dir mal keine Sorgen. Danach sieht es im Moment nicht aus. Aber ganz in deiner Nähe hat es vor ein paar Tagen eine kräftige Erschütterung gegeben."

„Bei mir in der Nähe? Da weiß ich nichts von."

„Mittwoch muss das gewesen sein, gegen Abend. Da muss es im Süden von Aachen eine anständige Detonation gegeben haben. Da uns alle anstehenden Sprengungen gemeldet werden müssen, damit wir nichts fehlinterpretieren, waren wir davon ein wenig überrascht. Vielleicht ist bei euch im Gewerbegebiet eine Fabrik in die Luft geflogen", meinte Sandra scherzhaft.

„Ist mir nicht bekannt, aber ist auf jeden Fall interessant. Wann sagtest du, war das? Am Mittwoch? Vielleicht erfahre ich ja noch etwas darüber."

„Ja, dann mach´s mal gut, und feiere nicht zu viel."

„Nein, mache ich nicht, und nochmal Danke, dass du an meinen Geburtstag gedacht hast. Wann kommst du noch mal runter?"

„Frühestens in drei Wochen."

„OK, bis dann. Aber wir telefonieren bis dahin bestimmt noch miteinander."

KAPITEL 6

Freitag, 24. Juli

„Heilloses Durcheinander!", stöhnte Schlömer, als sie am Freitag der nächsten Woche das Büro wieder betreten durften.

Soweit sie erfahren hatten, war die Polizei noch keinen Schritt weiter gekommen. Aber die Ermittlungen liefen auf Hochtouren. Die Auswertung der Fingerabdrücke, die Interpretation der Aussagen aller befragten Personen, ballistische Untersuchungen am Projektil, welches noch im Kopf von Dr. Andres steckte, alles das benötigte natürlich seine Zeit.

„Wir müssen versuchen, ein wenig systematisch vorzugehen und ein bisschen Ordnung in den Laden zu bringen", meinte Wimmer.

Das war natürlich leichter gesagt als getan. Der gesamte Fußboden war nach wie vor übersät mit losen Blättern, Schnellheftern, Hängeheftern und Ordnern.

„Mühsam nährt sich das Eichhörnchen", meinte Schlömer und begann, die ersten Blätter aufzuheben.

„Zumindest an den Überschriften, Daten oder Stichworten im Text sollten wir erkennen können, wozu die einzelnen Blätter gehören", versuchte Wimmer Mut zu machen.

Stundenlang wurden nun Blätter, in der Hoffnung sie richtig zugeordnet zu haben, zu Häufchen gestapelt.

„Hier liegen auch eine ganze Reihe von privaten Unterlagen", sagte Schlömer.

„Ich will ja nicht neugierig sein, aber auch da sollten wir einen Blick reinwerfen. Vielleicht hilft uns oder der Polizei das ja weiter, was wir da entdecken", fuhr sie fort.

Kurz nach Mittag waren sie mit Aufräumen so weit gekommen, dass jedes Blatt und jede Unterlage zumindest zu einem thematisch zusammengehörenden Stapel passte.

„Ich weiß nicht, wie es dir geht", sagte Wimmer, „aber ich glaube, wir beide haben uns jetzt einen großen Kaffee und eine kleine Pause verdient."

„Gute Idee", seufzte Schlömer und ließ sich in einen Stuhl sinken.

Während sie dann genüsslich ihren Kaffee tranken, Wimmer wie immer schwarz, Schlömer mit Milch und Zucker, nahm Wimmer einen Stapel Visitenkarten, die sie verstreut auf dem Boden gefunden hatten, und blätterte ihn durch.

„Hier sind einige Namen und Firmen, von denen habe ich in der gesamten Zeit, seit ich hier arbeite noch nie etwas gehört", sagte Wimmer.

„Zum Beispiel Dr. Monetti von Impianti Chimici, Milano, oder Watzlaw Pombski von Hi-Tech Rozwiazań, Warszawa."

„Nie gehört", stimmte Schlömer zu.

„Dr. Philipp Kramer, General Analytics, Sevilla, oder Kenshin Yasamato, Pharma Engineering, Osaka, alles Namen, die ich noch nie gehört habe", ergänzte Wimmer.

„Doch, Kramer, glaube ich, hat er schon mal erwähnt. Muss wohl ein alter Studienfreund gewesen sein. Hatte aber mit unserer Arbeit hier offenbar nichts zu tun. Sonst wäre er uns sicherlich mal über den Weg gelaufen", sagte Schlömer.

„Dr. Hermann Fricke von den Chemischen Werken Pirmasens, Gary White, Chemical Engineering and Consulting, Boston", fuhr Wimmer fort.

„White", sagte Schlömer, „den Namen habe ich auch schon einmal gehört. Den hatte Dr. Andres mal auf einem Kongress in Helsinki (oder war es Stockholm?), keine Ahnung, ist auch egal, kennen gelernt."

„Außerdem scheint Dr. Andres ein großer Freund von Paradoxa gewesen zu sein", sagte Schlömer.

„Hier hat er auf einen Zettel „Simpson-Paradoxon" gekritzelt. Schau dir mal die Tabelle an; ist schon erstaunlich, dass derjenige Basketballspieler, der in beiden Versuchen der schlechtere war, insgesamt das bessere Ergebnis erzielt hat. Ist wirklich paradox."

„Und letzte Woche hat er uns vom Olbersschen Paradoxon, wo es um eine gleichverteilte Anzahl von Sternen in einem homogenen Universum ging, erzählt.

Hier hat er übrigens noch eins aufgeschrieben: „Der Friseur von Aachen schneidet allen Aachenern, die sich die Haare nicht selber schneiden, die Haare. Wer schneidet dem Friseur die Haare?"

„Das ist in der Tat ein Paradoxon", stellte Schlömer fest.

„Schneidet er sich die Haare nicht selber, schneidet sie der Friseur, der er aber selber ist."

„Und schneidet er sich die Haare selber, dann schneidet sie nicht der Friseur, der er aber selber ist", ergänzte Wimmer.

„Na, da scheint unser Doc ja richtig Spaß dran gehabt zu haben."

„In der Tat", stimmte Wimmer zu, „ist ja auch interessant. Die einen lösen Kreuzworträtsel oder Sudokus, die anderen befassen sich mit Paradoxa. Hauptsache, der Geist ist beschäftigt."

„Wusstest du auch, dass unser Chef ein großer Opernfan war?"

„Nein", antwortete Wimmer. „Wie kommst du denn darauf?"

„Na ja, ganz sattelfest bin ich da auch nicht, aber für meine Begriffe sind das alles Opern, die er hier auf das Blatt geschrieben hat: Carmen, Der Kalif von Bagdad, Der Barbier von Sevilla, Orpheus und Eurydike, Tod in Venedig, Der fliegende Holländer."

„Ich will ja nicht behaupten, dass ich die alle gesehen oder gehört hätte, aber soweit ich weiß, sind das alles

Opern. Da schau an, da hat ihn offenbar doch heimlich die Muse geküsst", sagte Wimmer.

„Und hier", fuhr er fort, „hat er eine ganze Reihe von Basketballclubs notiert. Ich glaube, dass es Basketballteams sind, denn zumindest zwei davon kenne ich dem Namen nach. Zugegeben, Basketball ist nicht unbedingt mein Sport. Aber Dr. Andres spielte, glaube ich, Basketball. In der Betriebssportmannschaft oder so."

„Lies doch mal vor", sagte Schlömer.

„Chicago Bulls, Phoenix Suns, Dallas Mavericks, Memphis Grizzlies, …"

„Halt", unterbrach ihn Schlömer, „Memphis Grizzlies, ist das nicht eine Eishockeytruppe?"

„Keine Ahnung, aber warum sollten die hier drauf stehen? Milwaukee Bucks, Sacramento Kings, und so weiter und so weiter", fuhr Wimmer fort.

In diesem Moment klopfte es an der Tür. Wimmer öffnete und bat Kommissar Schütte herein.

„Na, das sieht ja schon ganz ordentlich aus", grinste Schütte.

Schlömer überlegte, ob sie ihm eine freche Antwort geben sollte, verbiss es sich aber.

„Was machen die Untersuchungen?", fragte sie stattdessen freundlich.

„Gibt es schon erste Erkenntnisse?"

„Nein, leider nicht", musste Schütte zugeben, „aber es würde mich für Sie freuen, wenn Sie in irgendeiner Form ein plausibles und vor allem nachprüfbares Alibi vorweisen könnten. Wie Sie sich sicherlich vorstellen können, stehen Sie beide im Moment auch im Fokus unserer Ermittlungen, ohne dass ich Sie hiermit als direkt Verdächtige bezeichnen möchte…, aber halten Sie sich in den nächsten Tagen bitte zur Verfügung", grinste der Kommissar wieder.

„Langsam geht er mir mit seiner spöttischen Grinserei ein wenig auf den Geist", dachte Schlömer, blieb aber immer noch ruhig.

„Ich habe Ihnen auch etwas mitgebracht, beziehungsweise ich bringe Ihnen etwas zurück", sagte der Kommissar.

„So, was ist es denn Schönes?", fragte Wimmer.

„Einiges an Unterlagen, die für uns wohl eher weniger von Bedeutung sind und, na, Ihre NASA-Videos", sagte Schütte.

„Unsere NASA-Videos?", fragte Schlömer verständnislos und schaute Wimmer fragend an. Der zuckte lediglich mit den Schultern.

„Welche NASA-Videos?", fragte Schlömer noch einmal.

„Drei Videos, in denen es wohl um Urknall, Expansion des Universums und so weiter geht. Ich habe da keine Ahnung von."

Schlömer und Wimmer erstarrten.

„Wir hatten zuerst gedacht, das könnte irgendetwas mit dem Mordfall zu tun haben. Da haben wir die Videos zu unseren Spezialisten, Techniker, IT-Cracks, Wissenschaftler und sonstige Freaks, gegeben. Für die war das leider ziemlich uninteressant. In Fachkreisen sind diese Videos der NASA schon seit mindestens acht Jahren bekannt. Aber es hätte ja eine Spur sein können. Haben Sie noch Fragen oder irgendetwas, was Sie mir mitteilen möchten?"

„N-nein", stammelte Schlömer.

„Schönen Tag noch", verabschiedete sich der Kommissar.

„Ja, danke gleichfalls", antwortete Wimmer völlig geschockt.

Kaum hatte der Kommissar das Büro verlassen, sagte Wimmer: „NASA-Videos vom Urknall? Wo kommen die denn her?"

„Am besten", meinte Schlömer, „wir sehen sie uns einmal in Ruhe an."

Sie schoben die Videos in den Videorekorder und sahen sich die Filme an. Sie wurden zunehmend aufgeregter.

Es waren genau die Filme, die ihnen Dr. Andres als angebliche Aufnahmen von Kamera 3 vorgeführt hatte. Nur hatten sie die Filme nie bis zum Ende gesehen. Sonst hätten sie auch den Abspann bis zum „Copyright NASA, 2000" gesehen.

Sie waren sprachlos.

Dr. Andres hatte sie hereingelegt. Er hatte ein Experiment, sogar ein ziemlich groß dimensioniertes, geplant und durchgeführt und seine beiden Mitarbeiter dabei an der Nase herumgeführt. Der künstliche Urknall, er hatte nie stattgefunden. Das Mini-Universum, es hatte nie existiert.

„Wie blöd sind wir eigentlich?", fragte Wimmer.

„Wie blöd, verdammt noch mal?"

Schlömer liefen die Tränen.

Sie schluchzte: „Aber der Versuchsaufbau, die Werte, die Dokumentation?"

„Offensichtlich alles falsch! Ein einziger fake!", erboste sich Wimmer.

„Wir Idioten haben nicht mitgekriegt, wie der Doc da heimlich sein, was auch immer für ein Experiment, durchführte und uns nicht nur im Glauben ließ, wir hätten einen Urknall herbeigeführt, sondern uns auch noch darin bestärkte. Innerlich hat der sich bestimmt über uns totgelacht."

„Und parallel zu unserer Arbeit, vor allem in der Nacht hat er dann vermutlich sein tatsächliches Experiment dokumentiert". sagte Schlömer ungläubig.

„Mann, ist mir das peinlich", flüsterte Wimmer.

Mit ihrem jetzigen Kenntnisstand untersuchten sie erneut die Ausgangsdaten des Experiments und den Versuchsaufbau.

„Mit „Idioten" hast du eben noch untertrieben. Nie im Leben konnte etwas Derartiges dabei herauskommen", sagte Schlömer.

„Jetzt wird mir die Situation auf einmal klar. Wie klein und beschränkt wir doch sind. Aber zumindest hat er uns bezüglich unserer Beschränktheit die Augen geöffnet.

Ich meine, das ist ja auch eine Form der Erkenntnis, wenn man erkennt oder erkennen muss, wie beschränkt man ist. Er hat uns quasi in die Frucht vom Baum der Erkenntnis beißen lassen, aber ohne uns mit auf den Weg zu geben, wie wir damit umgehen sollen...", grübelte Wimmer.

„Was soll das denn heißen?", fragte Schlömer.

„Also", begann Wimmer, „für meine Begriffe gibt es mehrere Ebenen der Erkenntnis. Die unterste Ebene ist zum Beispiel die, dass man jemandem beibringt, wie man Zahlen addiert. Das ist eine recht simple Erkenntnis. Derjenige, dem man es beibringt wird ein wenig klüger und wird in aller Regel problemlos mit seiner neuen Erkenntnis umgehen können.

Erkenntnisse höherer Ordnung können aber dazu führen, dass man plötzlich aus dem gewohnten Leben, der gewohnten Routine herausgerissen wird und plötzlich den Sinn seiner Tätigkeit, im Extremfall den Sinn seines Daseins hinterfragt. Und dann ist es gut, wenn derjenige, der einem die Erkenntnis vermittelt auch mit auf den Weg gibt, wie man damit umgehen soll."

Ich glaube, das erkläre ich dir am besten mit Hilfe einer kleinen Geschichte", sagte Wimmer.

„Da bin ich ja mal gespannt", sagte Schlömer lächelnd.

KAPITEL 7

Wimmers Geschichte

Stefan Müller saß im Bus und hatte gute Laune. Erstaunlich eigentlich, wo der Tag alles andere als gut begonnen hatte.

Für neun Uhr hatte er die Mitarbeiter seiner Abteilung heute zu einer Abteilungsbesprechung gebeten. Heute Morgen wurde er bereits gegen sechs Uhr wach und ging gedanklich noch einmal alle Punkte durch, die er in der Sitzung thematisieren würde: Steigende Personalkosten, steigende Kopierkosten, sinkende Budgets, steigende Umsätze, neue Marketingkonzepte,…

Da es noch zu früh war, um aufzustehen beschloss er, sich noch einmal umzudrehen. Eine gefühlte Viertelstunde später schaute er erneut auf die Uhr: Halb neun! Er musste wohl noch einmal tief eingeschlafen sein. Aber der Wecker… Am Blinken der digitalen Zahlen erkannte er, dass es offenbar einen Stromausfall gegeben hatte.

Er rief im Büro an um seiner Sekretärin mitzuteilen, dass er mindestens mit einer Stunde Verspätung eintreffen würde. Die Besprechung würde entsprechend später beginnen.

Müller war Abteilungsleiter im Marketing und als harter Hund bekannt. Zwar war er zuverlässig, arbeitsam und loyal, konnte aber auch recht ungemütlich wer-

53

den, wenn etwas nicht so lief, wie er es sich wünschte oder gar angeordnet hatte.

Schnell sprang er unter die Dusche, zog sich an und ging zügig zur Garage. Wie der Teufel es wollte, hatte er über Nacht die Fahrzeugbeleuchtung angelassen. Logische Folge war nun eine leere Batterie. Das Auto ließ sich nicht starten.

„Was soll´s?", dachte er, „ich bin ohnehin zu spät. Dann gönne ich mir heute eine Busfahrt. Viel länger wird das auch nicht dauern." Zügig ging er zur Bushaltestelle, um nur sieben Minuten später in der Linie sechs zu sitzen.

Hier saß er nun und genoss es, einmal ein anderes Verkehrsmittel zu benutzen, sich die Mitfahrer anzuschauen, und zu überlegen, wer wohl aus welchem Grund gerade mit dieser Linie unterwegs sei.

Ihm gegenüber saß ein jüngerer Mann in Arbeitskluft, offenbar auf dem Weg zur Arbeit. Neben dem Mann saß eine zierliche junge Dame, die interessiert aus dem Busfenster zu schauen schien.

„Schönes Wetter heute", versuchte der Mann ein Gespräch mit der jungen Dame zu beginnen.

„Stimmt", antwortete sie kurz.

„Da kommen wir heute auf dem Bau sicher gut voran", ließ er nicht locker.

„So, so, was machen Sie denn auf dem Bau?" wollte die junge Dame nun wissen.

„Ich bin Maurer. Ein interessanter Beruf. Hätte ich mir früher nicht vorstellen können, aber heute gehe ich jeden Tag mit Freude zur Arbeit. Setze hier eine Mauer, fuge da eine Wand... macht Spaß, wenn man am Ende des Tages ein sichtbares Ergebnis seiner Arbeit hat. Was machen Sie denn?"

„Ich arbeite in einem 1-€-Laden an der Kasse. Ist nicht besonders anspruchsvoll,... viel verdienen kann man da auch nicht, ich arbeite auf 400-€ Basis, aber mir macht das auch riesigen Spaß. Den täglichen Kontakt mit den Kunden, nette Gespräche, nette Kollegen,... ich glaube, das mit dem Spaß an der Arbeit haben wir gemeinsam."

„Was heißt denn hier, macht Spaß?" mischte sich nun Müller ein. Die beiden gegenüber sitzenden schauten ihn erstaunt an.

„Was heißt denn hier, macht Spaß?" wiederholte er die rhetorische Frage.

„Sie sind Maurer haben Sie gesagt?" „Ja, das stimmt" erwiderte der junge Mann.

„Und da sagen Sie, das macht Spaß? Jeden Tag auf dem Bau arbeiten, Steine schleppen und Mörtel anrühren. Für wenig Geld ständig Druck abbekommen."

„Wie...?" fragte der junge Mann verstört.

„Ist Ihnen denn nicht klar" fuhr Müller fort, „dass Sie ein Leben lang ausgebeutet werden? Für wenig Geld harte Arbeit, während sich Ihr Chef und sein Unternehmen an Ihnen dumm und dusselig verdient? Die arbeitende Klasse wird nie richtig für ihre Leistung entlohnt. Und wenn es mal nicht richtig läuft werden Sie rausgeschmissen und ein neuer Maurer aus Osteuropa, macht dieselbe Arbeit für noch weniger Geld. Und das macht Spaß?"

„Ja, aber…" versuchte der junge Mann zu antworten.

„Und was ist mit Ihnen? Ihnen macht die Arbeit auch Spaß?" fragte er nun die junge Dame.

„Ja, eigentlich…" erwiderte sie zögerlich.

„Na klar", fuhr Müller fort „Ihnen macht es auch Spaß, für wenig Geld zu putzen, Regale einzuräumen, sich von Kunden anpöbeln zu lassen und sich vom Chef anraunzen zu lassen. Und wenn es bei Ihnen mal nicht läuft, zack, sind Sie draußen und der nächste, vielleicht sogar ein Schüler oder Student, macht denselben Job für noch weniger Geld."

„Jetzt reicht´s" sagte der junge Mann, stand auf und ging Richtung Ausgang. Die junge Dame würdigte Müller keines Blickes und stand ebenfalls auf, dem jungen Mann folgend.

„Na Bravo", hörte Müller eine männliche Stimme hinter sich sagen.

„Jetzt haben Sie die beiden ein kleines bisschen von der Frucht vom Baum der Erkenntnis kosten lassen. Sie haben ihnen aber nicht mit auf den Weg gegeben, wie sie damit umgehen sollen.

Sie haben ja in gewisser Weise Recht, aber der junge Mann wird jetzt sicherlich nicht mehr so fröhlich seiner

Arbeit nachgehen. Er wird weniger Spaß daran haben und vielleicht auch schlechtere Arbeit leisten.

Und die junge Dame? Vermutlich wird auch sie ihre Arbeit nun mit etwas anderen Augen sehen und weniger oder vielleicht gar keinen Spaß mehr an ihrer Arbeit haben, weil sie ständig ihre Bemerkungen im Hinterkopf hat.

Qui bono – wem nützt das denn jetzt?"

„Pah" entgegnete Müller schnippisch.

„Sie sollten" setzte die männliche Stimme fort „nur Erkenntnis vermitteln, wenn sie auch einen Weg oder eine Alternative aufzeigen, wie man damit umgehen kann."

„Sicher!" antwortete Müller betont gelangweilt.

Zwei Stationen später stieg Müller aus und ging die restliche Strecke zu Fuß.

Im Büro angekommen empfing ihn seine Sekretärin mit Tränen in den Augen: „Herr Müller, es tut mir ja so leid. Aber das konnte ich ja nicht wissen."

„Was denn?" fragte Müller. „Wo sind denn die ganzen Mitarbeiter?"

„Seit über einer Stunde in der Besprechung."

„In meiner Besprechung? Wer leitet die Besprechung denn?"

„Schuster, ... ihr Nachfolger" murmelte die Sekretärin.

„Schuster,… mein Nachfolger,… ich verstehe nicht".

„Hier", sagte die Sekretärin und überreichte ihm einen Umschlag mit der Aufschrift „H. Müller, Persönlich".

Hastig riss er den Umschlag auf und entnahm das Schriftstück.

„Änderungskündigung" las er leise vor.

„… und", sagte die Sekretärin „man sagt hinter vorgehaltener Hand, Ihre Nachfolge stehe schon länger fest, … und Schuster soll Ihren Job angeblich für deutlich weniger Geld machen".

KAPITEL 8

„Wie sollen wir jetzt damit umgehen, in unserem ‚400-€-Job'?", fragte Schlömer, immer noch sichtlich genervt.

„Für mich ist die Sache klar", sagte Wimmer. „Ab jetzt ist das mein persönlicher Fall. Ich will wissen, was der Doc tatsächlich gemacht hat."

„Das wird natürlich nicht einfach werden. Vermutlich sind ja alle Unterlagen, die dafür wichtig waren, entwendet worden. Zumindest haben wir nichts für uns Unbekanntes gefunden."

„Das macht die Sache um so spannender", ereiferte sich Wimmer.

„Jetzt wird es zu unserem „Sudoku". Ein Rätsel, das wir lösen müssen. Ich will wissen, woran er experimentierte. Ich will wissen, wer daran ein so großes Interesse haben konnte und ich will wissen, wer ihn dafür sogar getötet hat."

„Da willst du aber eine ganze Menge!", lachte Schlömer.

„Aber, keine Frage, diese Geschichte lasse ich auch nicht auf mir sitzen. Bloß, wo sollen wir anfangen?"

„Keine Ahnung", sagte Wimmer. „Wir müssen die Sache ganz ruhig und logisch angehen. Irgendeinen Anhaltspunkt müssen wir finden."

„Guten Morgen", hörten sie eine männliche Stimme sagen.

„Oh, guten Morgen Herr Schäfer, wir haben Sie gar nicht kommen gehört", sagte Wimmer und dachte, Anklopfen ist wohl nicht deine Art.

Schäfer war der Personalchef des Unternehmens.

Schäfer war im Unternehmen nicht sehr beliebt. Er hatte eine recht große, aber dabei schlaksige Figur. Anzüge schienen ihm nie richtig sitzen zu wollen. Sein hervorstechendstes Merkmal war aber sicherlich seine Brille. Da er stark fehlsichtig war, trug er eine Brille, deren Gläser wie Vergrößerungsgläser wirkten. Schaute man ihm in die Augen, so wirkten diese enorm groß.

Seine Unbeliebtheit rührte im Wesentlichen aus seiner arroganten und herablassenden Art. Nicht, dass er unbedingt unfreundlich gewesen wäre, aber er versuchte immer den Eindruck zu vermitteln, sein Gegenüber sei ihm auf jeden Fall unterlegen.

„Frau Schlömer, Herr Wimmer", begann Schäfer förmlich.

„Durch unglückliche Umstände, die wir, die Geschäftsführung, vertreten durch mich, in meiner Funktion als Personalchef, aufs äußerste bedauern, hat sich natürlich eine Änderung in unserem Unternehmen ergeben."

Schwulstig, dachte Schlömer.

„Mit Herrn Dr. Andres haben wir einen Mitarbeiter verloren, der in langjähriger Tätigkeit seine schier unermüdliche Arbeits- und Schaffenskraft stets zum Wohle des Unternehmens einsetzte. Durch seinen Einsatz und sein Engagement sind uns Meilensteine in der Forschung und Entwicklung gelungen, die nicht zuletzt dafür gesorgt haben, dass CS mittlerweile weltweit einen guten Namen im Bereich der Brenn-stoffzellentechnik hat."

Komm auf den Punkt, dachte Schlömer.

„Nun, Frau Schlömer und Herr Wimmer", fuhr Schäfer fort.

„Besondere Situationen erfordern besondere Maß-nahmen, und so haben wir beschlossen, die kleine Abteilung, die ja wirklich sehr klein war, sie bestand ja nur aus Ihnen und Herrn Dr. Andres, also, nicht, dass Sie mich jetzt falsch verstehen, ich möchte damit Ihre Leistungen in keinster Weise diskreditieren oder in Zweifel ziehen, nun, aber... Wir haben beschlossen Ihre Abteilung aufzulösen."

Jetzt ist es raus, dachte Wimmer.

„Ähm, Ihre ähm Kündigungsschreiben habe ich gleich mitgebracht, weil ich denke, dass ich Sie nicht noch unnötig damit belasten muss, Sie auf Ihre Kündi-gungsschreiben warten zu lassen, oder sie sich sogar selber in der Personalabteilung abholen zu müssen, ähm Sie verstehen?"

„Sehr sensibel. Doch, wir verstehen", entfuhr es Wimmer lakonisch.

„Sie haben Anspruch auf eine Kündigungsfrist von drei Monaten zum Monatsende, die wir selbstverständlich einhalten werden. Sie sollen ja genügend Zeit haben, sich nach einem neuen Job umsehen zu können. Bei Ihren Fähigkeiten und Erfahrungen habe ich da auch nicht dir geringsten Zweifel, dass Sie sofort etwas für Sie Passendes, Neues finden werden. Diese Woche befassen Sie sich dann bitte noch mit der Abwicklung dieser Abteilung, es gibt da ja sicherlich noch einiges zu tun. Ab kommenden Montag unterstehen Sie dann Herrn Hartmann in der Abteilung „Benzole". Ist ja auch eine Unterabteilung der Hauptabteilung „Forschung und Entwicklung". Da fällt Ihnen der Umstieg sicherlich nicht zu schwer."

„Sicherlich nicht", fauchte Schlömer.

„Ach ja, bevor ich es vergesse, wenn Sie das Arbeitsverhältnis von sich aus früher beenden möchten, so werden wir nicht so streng auf die für Sie zu beachtenden Fristen achten. Ich wünsche Ihnen auf jeden Fall schon einmal viel Erfolg!", beendete Schäfer das Gespräch.

„Na Bravo", sagte Wimmer, als Schäfer sich verabschiedet hatte.

Nachdem Schäfer das Büro verlassen hatte, sagte Schlömer: „Kein Wunder, dass der so unbeliebt ist. Er hat eine unheimlich unsympathische Art."

„Das stimmt wohl, aber kennst du die Geschichte von seinem Bruder? Der war noch ganz anders drauf."

„Nein, erzähle mal."

„Also man sagt", begann Wimmer „sein Bruder sei ein ziemlich intelligenter Mann gewesen. So eine Art Genie. Ein ‚Brain'."

„Ja, und?"

„Er vertiefte sich in komplexeste philosophische Gedankengänge. In Gesprächen konnten ihm selbst Fachleute gedanklich kaum folgen.

Er behauptete, er habe die Fähigkeit entwickelt, seinen Geist von seinem Körper zu lösen und so völlig unlimitiert denken zu können. Und am Ende einer solchen Denksession sank sein Geist dann wieder in seinen Körper zurück."

„Nicht wahr!" staunte Schlömer.

„Doch, so muss es wohl gewesen sein. Jedenfalls hat an irgend einem Tag sein Geist wohl den Weg in seinen Körper nicht zurückgefunden. Und seitdem sitzt er als schwachsinniger Verrückter in der Psychiatrie."

„Tja, so geht es wohl den Genies. Immer nah am Wahnsinn."

„Jetzt wieder zurück zur Realität. Erst werden wir von unserem Vorgesetzten nach Strich und Faden verschaukelt, der Vorgesetzte wird ermordet, wir stehen dann wie blöd da und verlieren auch noch unseren Job".

Schlömer rang sichtlich nach Fassung.

„Ja, ganz hervorragend gelaufen", sagte sie.

„Dann lasse uns diese Woche nutzen um herauszufinden, womit Dr. Andres tatsächlich beschäftigt war. Herr Wimmer, den Schwerpunkt unserer Arbeit sehe ich für den Rest dieser Woche in der Aufgabe, einen Kriminalfall, der missverstehen Sie mich hier bitte nicht, nicht, dass ich an Ihren Fähigkeiten logisch zu denken oder kriminalistisch vorzugehen zweifeln würde, einiges an Schwierigkeiten mit sich bringen wird, zu lösen", imitierte sie Schäfer und beide mussten trotz der entstandenen Situation über sich selber lachen.

„Wir müssen noch einmal alles untersuchen", sagte Wimmer, immer noch lächelnd, „jede kleine Notiz, jeder noch so kleine Hinweis kann hilfreich sein."

Sie durchwühlten erneut sämtliche Unterlagen, in der Hoffnung irgendetwas zu finden, was ihnen bei der ersten Sichtung entgangen sein könnte.

„Für mich steht fest", sagte Wimmer „dass mindestens eine Person über seine Forschungsaktivitäten Bescheid gehabt haben muss. Nämlich der Täter".

„Oder der Auftraggeber des Täters", warf Schlömer ein.

„Genau", sagte Wimmer, „warum sollte es nicht ein Auftragsmord gewesen sein?"

„Also", meinte Schlömer, „wenn ich als Forscher an einer so brisanten Sache dran gewesen wäre, für die man sogar bereit ist zu töten, gäbe es für mich zwei Möglichkeiten. Entweder ich wäre total naiv und würde ohne jede Rückversicherung ein enormes Risiko eingehen. Oder ich würde durch Unterlagen, Hinweise, Hinterlegung bei einem Anwalt oder Notar für eine Lebensversicherung sorgen. Sollte ich sterben, dann sollte entweder die Konkurrenz keine Möglichkeit haben, mein Wissen zu nutzen oder aber sofort als Täter erkennbar sein. Am besten beides. Welcher Typ, glaubst du, war unser Doc?"

„Ganz sicher nicht der naive Typ."

„Also, Suche fortsetzen."

Stunden später stellten sie frustriert fest, dass alles Bemühen bisher umsonst gewesen war. Sie hatten nicht die Spur einer Idee, wie es weiter gehen sollte.

„Was ist, wenn Dr. Andres an überhaupt nichts Besonderem geforscht hat? Wenn er nicht nur uns, sondern das Unternehmen und alle um sich herum getäuscht hat? Vielleicht baute er die tollsten Experimente auf und führte sie durch, nur um sich und seine Stellung zu rechtfertigen, ohne dass jemals etwas Sinnvolles dabei herauskommen konnte?", fragte Wimmer.

„Aber dafür war Dr. Andres doch viel zu professionell und renommiert. Dutzende von Vorträgen vor Fachpublikum, und das nur mit heißer Luft? Glaube ich nicht. Vielleicht hatte der Mord auch überhaupt nichts mit seinen Forschungen zu tun, sondern die Gründe dafür liegen im privaten Bereich? Und da der Mörder vielleicht wusste, dass Dr. Andres häufig bis spät in die Nacht hinein alleine im Labor oder Büro arbeitete, bot sich der Tatort förmlich an...", folgerte Schlömer.

„Allein, mir fehlt der Glaube", sagte Wimmer und grübelte weiter.

„Ich glaube, wir sollten in seinen Unterlagen nach dieser „Lebensversicherung", von der du eben sprachst suchen. Das Motiv für die Tat liegt bestimmt eher im beruflichen Bereich."

KAPITEL 9

Montag, 27. Juli

Montagmorgen betrat Wimmer freudestrahlend das Büro. Schlömer war schon seit über einer halben Stunde bei der Arbeit.

„Gut siehst du aus, Susanne. Das rote Top steht dir hervorragend", sagte er gut gelaunt. In dem Moment wurde ihm bewusst, wie attraktiv Susanne doch eigentlich auf ihn wirkte.

„Was ist denn mit dir los? So kenne ich dich ja überhaupt nicht. Ist aber trotzdem schön, mal etwas Nettes von dir zu hören. Gibt es einen bestimmten Anlass für die gute Laune?", wollte Schlömer wissen und insgeheim wünschte sie sich, Sebastian Wimmer wäre öfter etwas gefühlvoller zu ihr. Eigentlich, musste sie sich eingestehen, mochte sie ihn doch sehr.

„Ich denke, schon", antwortete Wimmer.

„Lebensversicherung", fuhr er fort, „genau das war das richtige Stichwort. Dr. Andres hat uns einen Hinweis gegeben und ich glaube, ich habe ihn gefunden!"

„Schieß los", sagte Schlömer neugierig.

„Also", begann Wimmer, „ich habe gestern Abend noch ein wenig Bücher gewälzt, weil mich die private

Zettelwirtschaft vom Doc nicht zur Ruhe kommen ließ. Insbesondere seine Paradoxa machten mich neugierig."

„Ja, und?"

„Du erinnerst dich an das Paradoxon von dem Aachener Friseur?"

„Ja, sicherlich, der sich die Haare schnitt, aber eigentlich nicht, oder so ähnlich."

„Ja, ja, genau das. Ich habe das Paradoxon in der Fachliteratur gefunden. Da lautet das Paradoxon aber so: Der Barbier von Sevilla rasiert alle Männer von Sevilla, nur nicht die, die sich selber rasieren."

„Aber, das ist doch dasselbe", sagte Schlömer, nachdem sie kurz überlegt hatte. „Rasiert er sich selber, rasiert ihn nicht der Barbier, der er aber selber ist."

„Kleiner, aber feiner Unterschied", sagte Wimmer fröhlich.

Innerlich tat es ihm gut, dass Schlömer trotz seines Hinweises immer noch nicht verstanden hatte, was er herausgefunden hatte.

„Dann lass mich bitte nicht dumm sterben und erkläre es mir."

„Dann pass mal auf. Das Paradoxon handelt im Original vom Barbier von Sevilla. Erinnerst du dich an den Zettel, wo er die ganzen Opern notiert hatte? Alle Opern bis auf eine dienten nur zur Täuschung. Die Oper „Der Barbier von Sevilla" war hier der entscheidende Hinweis, passend zum Paradoxon. Zweimal hat er sogar einen Hinweis gegeben, wonach wir offenbar suchen müssen. Und das zu finden, ist jetzt wirklich nicht mehr schwer: Sevilla!"

„Die Visitenkarten!", rief Schlömer.

„Genau", sagte Wimmer.

„Hier, ich habe sie: Dr. Philipp Kramer, General Analytics, Sevilla. Sein alter Studienfreund arbeitet bei einem Unternehmen in Sevilla. Alle Achtung, Sebastian! Da muss man erst mal drauf kommen."

„Na, dann lass uns mal Kontakt aufnehmen", sagte Wimmer. „Hast du die Rufnummer?"

„Hier", sagte Schlömer und reichte Wimmer die Visitenkarte.

„Hm, da steht keine Durchwahl sondern nur die Nummer der Zentrale."

„Da du natürlich viel besser Spanisch sprichst als ich, wirst du wohl anrufen müssen", meinte Schlömer grinsend mit ein wenig Ironie.

„Ich spreche kein Wort Spanisch. „Por favor, gracias", umfasst ungefähr meinen gesamten spanischen Wortschatz."

„Dann beherrschst du Spanisch fast noch besser als ich", lachte Schlömer, „aber in einem internationalen Unternehmen wird man sich auch auf Englisch verständigen können. Ich versuche es einfach mal."

Sie wählte die Nummer und nach dem zweiten Klingeln wurde von einer spanischen Frau abgehoben.

„General Analytics, buenos dias".

„Hello, this is Susanne Schlömer, CS, Germany. I would like to speak to Dr. Kramer, please".

„One moment please, I'll put you through now".

„Thank you".

„Das ging ja einfacher als erwartet. Sie verbinden mich mit Dr. Kramer", sagte Schlömer.

Nach viermaligem Klingeln hob Dr. Kramer ab.

„Kramer, buenos dias."

„Hallo, hier ist Susanne Schlömer von Chemical Solutions in Aachen."

„Ah, ein Anruf aus Deutschland! Was kann ich für Sie tun?", fragte Dr. Kramer.

„Ich bin Mitarbeiterin von Dr. Andres, und würde Ihnen gerne ein paar Fragen stellen."

Schweigen am anderen Ende.

„Dr. Kramer?", fragte Schlömer nach.

„Entschuldigung", sagte Dr. Kramer. „Bitte geben Sie mir Ihre Rufnummer. Ich rufe sofort zurück. So kann ich feststellen, ob Ihre Angabe stimmt."

„Ja", sagte Schlömer, ein wenig irritiert. „0049241385-556".

„Danke, ich rufe sofort zurück".

„Das habe ich ja noch nicht erlebt", sagte Schlömer nachdem sie aufgelegt hatte. „Er will zurückrufen. Er will erst überprüfen, ob ich wirklich Mitarbeiterin bei CS bin."

„Tja, offensichtlich ist Dr. Kramer ein sehr gründlicher und vorsichtiger Mensch."

„Oder ein wenig paranoid", flachste Schlömer.

Wimmer steckte die Visitenkarten in seine Brieftasche und setzte sich, die Hände hinter dem Kopf verschränkend und die Füße auf den Schreibtisch legend, hin.

„Da bin ich mal gespannt, ob der sich überhaupt noch einmal meldet", sagte er.

Einige Minuten später klingelte das Telefon.

„Chemical Solutions, Schlömer", meldete sich Schlömer.

„Kramer hier, hallo Frau Schlömer."

„Herr Dr. Kramer. Schön, dass Sie zurückrufen. Um ehrlich zu sein, hatte ich nicht unbedingt damit gerechnet... Ich habe auf Lautsprecher gestellt, so dass mein Kollege, Herr Wimmer mithören kann.

Wie ich eben bereits sagte, war ich Mitarbeiterin von Dr. Andres und habe da ein paar Fragen, die ich Ihnen gerne..."

„Entschuldigung", unterbrach sie Dr. Kramer, „ich habe mitbekommen, dass Dr. Andres letzte Woche ermordet wurde. Das ist alles sehr, sehr brisant ...

und auch gefährlich. Vielleicht ahnen Sie nicht, wie brisant."

Er stockte, dann fuhr er fort.

„Wie sind Sie überhaupt an meinen Namen gekommen und woher wissen Sie, dass ich hier arbeite?"

„Dr. Andres hatte Ihren Namen einmal erwähnt, ... Sie seien ein alter Studienfreund von ihm. Und außerdem haben wir in seinen Unterlagen Ihre Visitenkarte gefunden."

„So, so. Frau Schlömer, ich weiß nicht, ob diese Leitung über die wir hier miteinander telefonieren, sicher ist. Wir können am Telefon nicht darüber sprechen. Mails werden mit Sicherheit überprüft. Haben Sie eine Möglichkeit, nach Sevilla zu kommen?"

„Also", entfuhr es Schlömer. Sie schaute Wimmer verdutzt an. „Jetzt überfahren Sie mich ein wenig… Warum sollten wir nach Sevilla kommen?".

„Unterschätzen Sie nicht die Brisanz. Wir haben nicht viel Zeit… Wann können Sie hier sein?"

Schlömer sah Wimmer an. Der flüsterte: „Uns hat man ohnehin gekündigt. Von mir aus übermorgen."

„Herr Dr. Kramer, Sie überraschen uns ein wenig, aber wenn ich Sie richtig verstanden habe, scheint die Sache doch sehr wichtig zu sein. Wir können versuchen, übermorgen zu fliegen."

„Unterschätzen Sie die Bedeutung nicht!", betonte Dr. Kramer. Werden Sie zu zweit kommen?"

„Ja", sagte Schlömer.

„Wie heißt die zweite Person?"

„Wimmer, Sebastian Wimmer."

„Melden Sie sich bitte bei mir sobald Sie angekommen sind unter meiner Handynummer 0034617223726, ich wiederhole: 0034617223726. Für alles Weitere werde ich sorgen", sagte Dr. Kramer und legte ohne ein weiteres Wort auf.

„Sehr, sehr erstaunlich", meinte Wimmer.

„Ohne eine Idee, worum es hier tatsächlich geht und nur aufgrund eines zwei minütigen Telefonats mit einer Person, die wir nicht kennen, fliegen wir jetzt nach Sevilla? Ich glaube, ich träume."

„Geht mir ja wohl ähnlich", sagte Schlömer, „aber ich habe das Gefühl, dass Dr. Kramer Angst hat. Es scheint wirklich um etwas Großes zu gehen."

„Unser Vorgesetzter wurde ermordet, uns wurde gekündigt und wir fliegen mal eben nach Sevilla... klingt schon ein wenig eigenartig, findest du nicht?"

„Doch schon, aber hier, ich habe es schon gefunden", sagte Schlömer, die sich schon ins Internet geklickt hatte, „AirBerlin fliegt ab Köln-Bonn nach Sevilla, Abflug 11:15 Uhr, Ankunft 16:30 Uhr."

„Du bist ja ganz Feuer und Flamme", sagte Wimmer, „na, dann versuche mal einen Flug für Übermorgen zu buchen. Aber nur Hinflug. Wir wissen ja noch überhaupt nicht, was uns da erwartet. In ein Hotel können wir noch vor Ort einchecken."

„Lieber eine Pension, das ist ja wohl die deutlich günstigere Variante."

„Wenn das mal kein Abenteuer ist", sagte Wimmer und zum ersten Mal sah er Susanne Schlömer nicht mehr nur als Kollegin. Einmal mehr wurde ihm bewusst, wie attraktiv und sympathisch sie eigentlich war.

KAPITEL 10

Mittwoch, 29. Juli

Nach einem ruhigen Flug landete der Airbus mit knapp zehn Minuten Verspätung um 16:40 Uhr auf dem Flughafen von Sevilla. Wie nicht anders zu erwarten war, herrschte hier natürlich bestes Wetter. Am Thermometer des Flughafengebäudes konnten sie 35° C ablesen.

„Nichts gegen einen warmen Sommer, aber wenn ich hier leben müsste...", sagte Schlömer.

„Betrachten wir das ganze doch mal ein wenig als Urlaub. Und für den ersten Urlaubstag macht Sevilla schon einen hervorragenden Eindruck. Du weißt ja, für den ersten Eindruck gibt es keine zweite Chance", sagte Wimmer lachend.

„Urlaub, wenn du damit mal bloß nicht etwas daneben liegst."

Sie fuhren mit dem Shuttle-Bus zum Flughafengebäude und gingen zur Gepäckausgabe, um ihre Koffer abzuholen. Anschließend verließen Sie das Flughafengebäude.

„So, jetzt rufen wir mal Dr. Kramer an und lassen uns überraschen", sagte Wimmer.

Schlömer wählte von ihrem Handy aus die Handynummer, die Dr. Kramer ihr mitgeteilt hatte. Noch während die Verbindung aufgebaut wurde sagte sie: „Dr. Andres hatte uns ja schon schön reingelegt. Wenn wir jetzt hier angekommen sind und Dr. Kramer ist nicht erreichbar oder kann sich an nichts erinnern, oder hat es sich anders überlegt oder, oh, Hallo Dr. Kramer. Hier Schlömer von CS. Wir sind gerade in Sevilla am Flughafen angekommen."

„Hallo Frau Schlömer", sagte Dr. Kramer „hatten Sie einen guten Flug?"

„Doch, war sehr angenehm. Lediglich zehn Minuten Verspätung."

„Um ehrlich zu sein, Frau Schlömer, nach unserem kurzen Telefonat von vorgestern hätte ich nicht erwartet, dass Sie tatsächlich nach hier kommen. Umso glücklicher bin ich, dass Sie offenbar Mut und Tatkraft in Ihrem Marschgepäck haben."

„Ganz wohl war, und um ehrlich zu sein, ist uns die ganze Geschichte auch jetzt noch nicht. Wie geht es denn jetzt weiter?", wollte Schlömer wissen.

„Bitte nehmen Sie ein Taxi und kommen Sie zum Hotel Vincci La Rabida, Calle de Castelar 24. Es ist ziemlich zentral gelegen. Ich werde Sie dann dort erwarten."

„Nochmal bitte, ich muss mir das aufschreiben."

„Vincci La Rabida, Calle de Castelar 24", wiederholte Dr. Kramer.

„Bis dann", beendete er das Gespräch.

„Ist ja ganz schön geheimnisvoll", sagte Schlömer zu Wimmer. Dann gingen sie zum Taxistand.

„Jetzt werde ich mal mit meinen Spanischkenntnissen protzen", schmunzelte Wimmer.

Er ging auf ein Taxi zu und sprach den Fahrer an:

„Hotel Vincci La Rabida, Calle de Castelar 24, por favor."

Der Fahrer nickte und deutete, sie mögen sich hinten ins Taxi setzen.

„Na also, geht doch", sagte Wimmer.

„Deine spanischen Sprachkenntnisse sind in der Tat beeindruckend", lachte Schlömer.

Nachdem sie die Koffer im Kofferraum verstaut hatten, setzten sie sich ins Taxi und fuhren los.

„Was hast du eigentlich alles eingepackt?", fragte Wimmer. Dein Koffer scheint ja bis oben hin voll zu sein. Und dem Gewicht nach hast du vermutlich deinen gesamten Hausstand eingepackt."

„Nur das Nötigste", sagte Schlömer, „und vom Nötigsten eigentlich nicht mal die Hälfte. Weiß ich, wie lange wir hier bleiben?"

Typisch Frau, dachte Wimmer wieder einmal. Er hatte auch nur das, wie er meinte, Nötigste eingepackt. Aber sein Nötigstes schien nur einen Bruchteil ihres Nötigsten auszumachen.

Das Taxi fuhr vom Flughafen über ein Stück Autobahn Richtung Stadtzentrum. Über die Avenida de Kansas City, Calle Munoz Leon, Calle Resolana, Calle Arjona, erreichten sie nach dreizehn Kilometern ihr Ziel. Da um diese Zeit in Sevilla ziemlich hohes Verkehrsaufkommen war, benötigten sie für diese recht kurze Strecke fast eine dreiviertel Stunde.

„Also das mit dem ersten Eindruck hat Sevilla schon mal ganz gut hingekriegt", sagte Wimmer. „Alles was ich bisher von der Stadt sehen konnte, beeindruckt mich schon."

„Ja, bis auf die Verkehrsverhältnisse", meinte Schlömer.

Sie stiegen aus, bezahlten den Taxifahrer und betraten das Vier-Sterne-Hotel. Vor der Rezeption stand ein Mann, der eigentlich nur Dr. Kramer sein konnte. Zum einen sah er nicht spanisch sondern eher mitteleuropäisch aus, war von kleiner eher rundlicher Statur, hatte die Haare ziemlich zerzaust und zum anderen machte er, schon als er auf die beiden zukam, einen nervösen, ja fast hektischen Eindruck. Dieser Eindruck entsprach ja auch ungefähr dem Eindruck, den man während des Telefonats von ihm gewinnen konnte.

„Ah, Frau Schlömer, Herr Wimmer", begann Dr. Kramer, „schön, sie nun auch persönlich kennen zu lernen."

„Ganz meinerseits", sagte Schlömer und reichte ihm die Hand.

Auch Wimmer reichte ihm die Hand, sagte aber zunächst nichts.

„Ich war so frei, für Sie zwei Zimmer zu buchen, mit Frühstück. Ich glaube, das war das mindeste, was ich für Sie tun konnte, nachdem ich Ihnen das bisher alles zugemutet habe."

„Vielen Dank", sagte Wimmer, „Sie machen uns in der Tat ganz schön neugierig."

„Bringen Sie bitte ihr Gepäck auf die Zimmer. Wenn Sie möchten, können Sie sich noch ein wenig frisch machen. Ich lade Sie heute Abend zum Essen ein. Und beim Essen und einem guten Glas Wein werden wir uns weiter unterhalten."

„Das klingt vernünftig", meinte Wimmer, dem durchaus der Sinn nach etwas Essbarem stand.

„Abgemacht", sagte Schlömer. „Treffen wir uns also in drei Stunden wieder hier?"

„Drei Stunden?", fragte Dr. Kramer.

„Ja", schmunzelte Wimmer. „Sie möchte sich doch ein wenig frisch machen."

„Ja, äh, ich verstehe. In drei Stunden hole ich Sie hier wieder ab."

Wie verabredet gingen die drei am Abend vom Hotel zur „Taberna Del Alabardero" in der Calle Zaragossa. Es herrschten mittlerweile angenehme Temperaturen und man beschloss, unter freiem Himmel zu speisen.

Als Vorspeise wählte Dr. Kramer Carpacho a la Catalana, Schlömer und Wimmer beschlossen, Plato de 4 Tapas für zwei Personen zu bestellen.

Als Hauptgänge wählte Schlömer Parillada de Pescado, gemischter Fischteller mit gegrilltem Seeteufel, Seehecht, Scampis & Heilbutt. Wimmer wählte Chuletas de Cordero, gegrillte Lammkottelets mit Brätlingen in Olivenöl und Dr. Kramer entschied sich für Variado de Mariscos, gemischte Krustentierplatte mit gegrillten kleinen Langusten, Langostinos & Scampis. Schlömer bestellte zum Fisch Weißwein, die beiden Herren entschieden sich für Rotwein.

„Jetzt wird es, glaube ich, langsam Zeit, dass ich Ihnen mich und das Unternehmen für das ich arbeite, kurz vorstelle.", wurde Dr. Kramer wieder förmlich.

„Ich arbeite seit nunmehr über zwölf Jahren bei General Analytics in der Forschungsabteilung. Wir können wohl zu Recht von uns behaupten, in der Sparte in der wir tätig sind, mittlerweile weltweit eine führende Rolle zu spielen."

„Und was ist das für eine Sparte?", wollte Wimmer wissen.

„Nanotechnologie", sagte Dr. Kramer mit leicht stolzem Unterton.

„Nanotechnologie", sagte Wimmer, „ist mir schon ein Begriff. Von Nanotechnologie spricht man immer dann, wenn Größenordnungen von Einzelatom bis 100 Nanometer betroffen sind."

„Richtig", sagte Dr. Kramer, „ein Nanometer ist dabei ein Milliardstel Meter, also fast unvorstellbar klein. In diesen Größenordnungen werden quantenphysikalische Effekte von immer größerer Bedeutung. Oberflächeneigenschaften spielen dann gegenüber den Volumeneigenschaften eine immer größere Rolle."

„Ja, aber das ist doch alles nicht wirklich neu", wandte Schlömer ein. „Nanotechnologie gibt es doch schon länger. Ich habe sogar zu Hause eine Möbelpolitur, die wegen der enthaltenen Nanopartikel besonders schonend und flächenintensiv wirkt."

„Schon richtig", sagte Dr. Kramer, „aber Nano ist ja nicht gleich Nano. Mittlerweile gibt es ja sogar schon Zeitschriften und Fernsehsendungen, die „Nano" heißen. Der Kick liegt darin, die richtige, revolutionäre Anwendung gefunden zu haben. Und davon haben wir gleich zwei!"

„Und das wäre?", fragte Schlömer.

„Also Vorreiter dieser Ideen war unter anderem das Institut für Evolutionsstrategie und Bionik an der TU Berlin. Da will ich mich mal nicht mit fremden Lorbeeren schmücken. Deren Idee war zum Beispiel das ewige Müllproblem, das untrennbar mit der menschlichen Zivilisation verbunden ist, zu beseitigen. Seit Jahrmillionen gibt es auf der Erde eine mehr oder weniger konstante organische Biomasse von circa 150 Milliarden Tonnen, die sich in einem ständigen Recyclingprozess befindet. Nirgendwo in der Natur existiert Müll. Alles was lebt, sei es pflanzlich oder tierisch wird letztlich mikrobiologisch wieder zersetzt und dem Kreislauf erneut zugeführt. Müll ist eine Erscheinung, die mit der menschlichen Zivilisation Hand in Hand geht."

„Klingt ja spannend", sagte Wimmer. „Und wie genau sah deren Idee aus?"

„Bioanaloges Recycling. Viele Verbrauchsgüter sollen zukünftig nur noch aus zwei Grundstoffen hergestellt werden. Ein Stützmaterial, entsprechend dem tragenden Skelett oder einzelnen tragenden Knochen und einem organischen Gewebe, als Form- und/oder Funktionsmaterial. Daraus lassen sich dann zukünftig Verpackungen, Behältnisse und Geräte herstellen, die anschließend dem biologischen Kreislauf wieder zugeführt werden können. Ziel ist, die Werkstücke durch bioanaloge Produktionsmethoden in Form von Selbstorganisation in die gewünschte Form wachsen zu lassen, ohne sie von außen in die gewünschte Form zwingen, bearbeiten zu müssen. Herstellung von knochen- und muskelähnlichen Werkstoffen, verbunden mit Selbstheilungsfunktion, wie in unserem menschlichen Körper ist die Vision."

„Und was ist nun ihre Leistung?" fragte Schlömer.

„Unsere Leistung ist, dass wir diese Utopie in die Realität umgesetzt haben. Uns ist es gelungen auf Basis von Nanomaterial organisches Gewebe genau in dieser eben geforderten Form herzustellen. Knochenartige Gebilde, an denen selbstständig Muskelgewebe wächst. Stellen Sie sich das vor! Wir sind in der Lage, je nach „Rezeptur" Schweinefleisch, Rindfleisch oder Geflügelfleisch zu produzieren. Welch ein Fortschritt! Das archaisch anmutende Züchten und Schlachten beziehungsweise Morden von Tieren gehört damit zukünftig der Vergangenheit an. Woran wir noch arbeiten müssen ist, eine naturanaloge Faserstruktur, Fetteinlagerungen und so weiter zu verfeinern. Aber wir stehen kurz vor der Marktreife."

„Das ist ja eine paradiesische Vorstellung", meinte Wimmer. „Millionen von Tieren müssten nicht mehr leid- und qualvoll in viel zu engen Ställen, Gehegen und Käfigen gehalten werden, weil ihr natürliches Fleisch entbehrlich wird. Gibt es denn keine Nebenwirkungen beim Verzehr dieses „Kunstfleisches"? Es ist ja immerhin „nur" ein Imitat."

„Bisher nicht bekannt", sagte Dr. Kramer.

„In etlichen Tests und Versuchen haben wir unser „Produkt" kosten und verzehren lassen. Es war von echtem Fleisch für nahezu alle Probanden nicht zu unterscheiden."

„Das klingt ja geradezu fantastisch", meinte Schlömer. „Aber sagten Sie nicht, sie hätten zwei revolutionäre Anwendungen gefunden?"

„Ja, die zweite Anwendung ist nicht minder revolutionär: Nanobots."

„Sie meinen Nanoroboter?", fragte Wimmer.

„Ja, Nanobots, Nanoroboter oder Naniten, wie Sie wollen."

„Spannen Sie uns nicht auf die Folter. Was ist Ihnen damit gelungen?"

„Nanobots sind autonome Maschinen im Nanoformat. Uns ist es gelungen, Maschinen dieser Art in einer

Größe von nur wenigen Atomen als Molekülverband zu bauen. Die besondere Eigenschaft dieser fertigen Moleküle ist, die Atombindung zwischen anderen, vor allem metallischen Elementen zu lösen."

„Und was bedeutet das?", fragte Schlömer.

„Haben Sie schon einmal gesehen, wie eine nur wenige Zentimeter dicke Stahlplatte auf Länge gebracht wird? Haben Sie schon einmal gesehen, mit welcher Lautstärke, mit welcher Hitze und mit welchem Energieaufwand die Trennung mechanisch oder durch Laser stattfindet? Wir schicken unsere Nanobots von einem Startpunkt über einen genau definierten Pfad zum Zielpunkt durch das zu trennende Material. Durch ihre Atombindung lösenden Eigenschaften zerfällt das zu trennende Material quasi mit minimalem Energieaufwand entlang der „Schnittkante". Und diese Schnittkante ist nicht auf wenige tausendstel Millimeter exakt, sondern im Nanobereich, also absolut plan. Auch hier stehen wir unmittelbar vor der Marktreife."

„In der Tat revolutionär", entfuhr es Wimmer. „Wie lange dauert denn so eine Trennung, so ein Schnitt?"

„Noch zu lange", musste Dr. Kramer zugeben. Aber alleine schon der Betrag, den man an Energiekosten und äußerst teuren Anlagen und Maschinen einspart, rechtfertigt eine etwas längere Arbeitszeit. Von der Präzision ganz zu schweigen".

„Und wie fangen Sie die Nanobots wieder ein?" wollte Schlömer wissen. „Wenn die Nanobots alle atomaren Bindungen auflösen, mit denen sie in Verbindung kommen, könnten sie ja alles um sie herum trennen und zerstören?"

„Wie die Nanobots gebändigt werden ist natürlich unser großes Geheimnis", sagte Dr. Kramer wieder mit Stolz in der Stimme.

„Und was ist, wenn die Nanobots in falsche Hände und damit außer Kontrolle geraten? Zum Auftrennen eines Tresors? Als terroristische Waffe? Hey, ihr tut jetzt was ich sage, ansonsten zerlege ich euer Land in einzelne Atome!", wandte Wimmer ein.

„Das erinnert mich an „Engines of Creation", ein Buch, bei dem es genau darum, oder zumindest so ähnlich, ging", sagte Schlömer.

„Was war das denn für ein Buch?" fragte Wimmer.

„Drexler hieß der Autor. „Engines of Creation". Da ging es letztlich auch darum, dass Milliarden von sich selbst vermehrenden Nanobots auf der Erde äußerst aggressiv alles, was ihnen auf der Erdoberfläche begegnete konsumierten beziehungsweise vernichteten."

„Malen Sie den Teufel nicht an die Wand!", sagte Dr. Kramer. „Aber Sie haben Recht, an der Sicherheit müssen wir in der Tat noch arbeiten."

„Ist schon fantastisch", sagte Wimmer „was Sie da erzählen und in Ihrem Unternehmen entwickeln."

Er bestellte sich noch einen Rotwein und fragte, woran Dr. Andres denn geforscht und gearbeitet habe. Und was daran so brisant und gefährlich sei.

„Woran Dr. Andres gearbeitet hat? Raumenergie", sagte Dr. Kramer.

„Raumenergie?", fragte Wimmer. „Was ist denn Raumenergie?"

„Bereits Ende des neunzehnten Jahrhunderts beschrieb Nikola Tesla, dass es neben unseren heutigen rohstoffzehrenden und, wie er es nannte, „schmutzigen", Energietechnologie, die im Wesentlichen auf Kohle, Kernkraft, Wind, Wasser und Sonne beruht noch weitere Energieformen gibt, so zum Beispiel die Raumenergie."

„Nikola Tesla", fragte Schlömer, „ist das nicht der, dem wir unter anderem unser Wechselstromsystem zu verdanken haben?"

„Genau der", antwortete Dr. Kramer.

„Raumenergie", fuhr er fort, „ist eine Form von Energie, die den physikalischen Raum an sich erfüllt, und sich daher an jedem Punkt des Universums entnehmen lässt. Da die Raumenergie von Natur aus kompakt und konzentriert ist, werden nicht Erscheinungsformen der Natur wie Wind oder Sonnenstrahlung gewandelt und nutzbar gemacht, sondern fundamentale Prinzipien der Natur werden ausgenutzt."

„Und wie soll das funktionieren? Ich habe da noch nie etwas von gehört. Und das ist schon seit über einhundert Jahren bekannt?", fragte Schlömer.

„Leider widerspricht die Theorie der Raumenergie zahlreichen Dogmen, zum Beispiel der Relativitätstheorie nach Einstein, die für Physiker nach wie vor unantastbar scheint. Die Einführung der Raumenergie als Energiequelle wird mit einer wissenschaftlichen Revolution einhergehen."

„Und wie soll das funktionieren?" wiederholte Wimmer Schlömers Frage.

„Zum Beispiel durch kalte Fusion", sagte Dr. Kramer wie selbstverständlich.

„Wie, kalte Fusion?" hakte Wimmer nach.

„Schon Ende der neunziger Jahre des zwanzigsten Jahrhunderts führte Puthoff das Konzept der Null-punktenergie ein, ein Konzept, das mit der Quanten-physik durchaus vereinbar ist. Wie Sie sicherlich wissen, vertragen sich Quantenphysik und Relativitäts-theorie auch nicht. Quantenphysik ist dominierend im Mikrokosmos, im atomaren Bereich, während die Re-lativitätstheorie den Makrokosmos, unser gesamtes Universum, wesentlich besser beschreibt. So wider-spricht die Theorie der Raumenergie eben auch der Relativitätstheorie.

Bei Raumtemperatur lässt sich Energie durch Fusion von Wasserstoff gewinnen."

„Das müssen Sie noch einmal wiederholen", sagte Wimmer ungläubig.

„Ja", erklärte Dr. Kramer noch einmal, „bei Raumtem-peratur lassen sich, zumindest bisher theoretisch, Wasserstoffatome fusionieren, was zu einer nahezu unerschöpflichen, und noch dazu ungefährlichen Energiegewinnung führen wird."

„Daher diese andauernden Experimente mit Wasserstoff", wurde Schlömer plötzlich klar.

„Wasserstoff – Brennstoffzelle", sagte Wimmer, „das mit der Brennstoffzelle war quasi nur sein Alibi. Die eigentliche Forschung ging in eine völlig andere Richtung!"

„Dazu gehören auch die Experimente mit der Vakuumenergie. Die Heisenbergsche Unschärferelation, und damit die Quantenmechanik lassen die Vakuumenergie nicht nur zu, sondern sie ergibt sich sogar daraus. Aufgrund von Quantenfluktuationen entstehen im Vakuum ununterbrochen Teilchen aus dem Nichts. Die dafür geborgte Energie müssen sie nur schnell genug wieder zurückgeben, indem sie sich selbst vernichten. Diese dauernd im Vakuum vorhandenen „virtuellen" Teilchen erzeugen einen bestimmten Energiegehalt, den man aus dem Vakuum gewinnen muss."

„Das müssen sie näher erklären", meinte Wimmer.

„Man nennt das den Casimir-Effekt, benannt nach einem holländischen Physiker. Er besagt, dass, wenn man zwei absolut parallele Platten einander immer mehr nähert, dass dann von allen Seiten die Quantenfluktuationen des Vakuums gleichmäßig einwirken.

Zwischen den sich nähernden Platten bilden sich sogenannte stehende Wellen, die keinen Druck mehr auf die Platten ausüben, sondern im Gegenteil zu einer Druckabnahme führen. Diese Kräfte werden umso größer, je näher sich die Platten nähern. Man kann sich das ungefähr so vorstellen, wie wenn man zwei ebene Glasplatten aufeinanderlegt. Möchte man diese Platten wieder auseinanderziehen, braucht man ziemlich viel Kraft. Hierbei wirken die Kräfte in einem etwas anderen Maßstab und mit der Luft beziehungsweise dem Luftdruck als Verursacher. Außerdem sind die Glasplatten im Nanobereich nicht exakt eben, sondern sehr rau. Aber an diesem Beispiel kann man sich den Effekt der Vakuumenergie zumindest vorstellen.

Und dieser Casimir-Effekt ist Hinweis auf die Quantenfluktuationen. Es gibt dabei verschiedenste Angaben über den Energiegehalt des leeren Raumes beziehungsweise des Vakuums. Einige Wissenschaftler behaupten, der Rauminhalt einer Tasse solle ausreichend Vakuumenergie enthalten, um alle Weltmeere verdampfen zu lassen. Ich persönlich glaube an das Vorhandensein dieser Vakuumenergie, aber in deutlich kleineren Dimensionen. Aber ich bin ja auch kein Experte auf diesem Gebiet.

Entschuldigung, aber ich fürchte, ich bin doch sehr theoretisch", schloss Dr. Kramer seine Erklärung.

„Ist das denn nicht wahnsinnig gefährlich, wenn man an solch gewaltigen Energiequellen forscht?" wollte Wimmer wissen.

„Was wäre, wenn man die Vakuumenergie durch einen Versuch, durch ein Experiment entfesselt und dadurch eine Kettenreaktion auslöst?" meinte Schlömer.

„Vermutlich ist es gefährlich. Aber da bin ich jetzt der falsche Ansprechpartner", meinte Dr. Kramer, „auf diesem Gebiet war Dr. Andres, ich würde mal behaupten, weltweit führend. Und genau das machte die Sache so brisant. Stellen Sie sich nur vor, diese unerschöpflichen, gigantischen Energien könnten gewonnen werden. Die gesamte Energiewirtschaft, wie wir sie bisher auf unserem Planeten kennen wäre von jetzt auf nu Makulatur.

Wenn irgendjemand davon erfahren hätte, wie weit Dr. Andres bereits in seiner Forschung war, ... stellen Sie sich nur mal die Konsequenzen für uns alle vor. Für die gesamte Energiewirtschaft, für die Öl Lobby. Es geht da um Milliardenbeträge in diesen Branchen, an denen Dr. Andres sägte. Mit solchen Forschungen macht man sich nicht viele Freunde, aber gewaltige Feinde!"

„Aber, irgendjemand muss es wohl erfahren haben. Immerhin hat man ihn, wohl wegen seiner Erkenntnisse, ermordet."

„Woher wissen Sie eigentlich so genau über seine Forschungen Bescheid, wenn die doch so geheim waren? So geheim, dass selbst wir als seine engsten Mitarbeiter nichts davon mitbekamen?" fragte Schlömer.

„Gute Frage", antwortete Dr. Kramer.

„Von seinen Forschungen hatte ich in der Tat nicht so viel Ahnung. Die Theorie, die ich Ihnen gerade eben erklärt habe, die hat Dr. Andres mir vor Jahren auf einem Kongress, auf dem wir uns zufällig getroffen haben, erklärt. Aber was im Detail vor sich ging, wie weit die praktische Umsetzung vorangeschritten war, davon hatte ich keine Ahnung. Und letztlich, war ich ja auch Nutznießer seiner Forschungsarbeiten."

„Wie denn das?" fragte Wimmer.

„Bei seinen Experimenten entstand häufig ein Nebenprodukt, Wirtschaftswissenschaftler nennen so etwas ein Kuppelprodukt. Bei bestimmten Produktionsverfahren entstehen teilweise zwangsläufig diese Kuppelprodukte. Bei der Raffination von Rohöl fällt zum Beispiel ein Gasgemisch aus Propan/Butan an, das Sie heute an vielen Tankstellen als Autogas tanken können. Die Verfügbarkeit von Autogas ist somit der des Erdöls gleichzusetzen, denn solange Erdöl raffiniert wird, wird auch Autogas entstehen. Ein weiteres einfaches Beispiel ist das Sägen von Holz in einem Sägewerk. Zwangsläufig entstehen als Nebenprodukt Sägespäne. Diese kann man nun entsorgen, oder als Kleintierstreu oder in Form von Spanplatten vermarkten."

„Und was war das Nebenprodukt, das Sie gebrauchen konnten?" fragte Schlömer.

„Nanopartikel"

„Nanopartikel?" fragte Wimmer. „Wo haben wir denn etwas mit Nanopartikeln zu tun gehabt?"

„Bei so ziemlich jedem seiner Versuche fiel so etwas, das wie dunkler Staub aussah, als Nebenprodukt am Boden seiner Forschungskugel an."

„Stimmt", sagte Wimmer. „Es war nie sehr viel, aber es gehörte zu meinen Aufgaben diesen Staub in einen bestimmten Behälter abzufüllen".

„Und genau diese Behälter mit den Nanopartikeln, die genau die von uns benötigten Eigenschaften hatten wurden damit produziert."

„Ich habe dem nie viel Bedeutung beigemessen, für mich hatte das den Charakter einer Müllentsorgung. Susanne, wir waren offensichtlich noch blöder und blinder als vorhin schon angenommen. Wir haben nichts von dem verstanden, was wir im Labor tatsächlich gemacht haben."

„Jetzt ist mir auch klar, warum alle unsere Versuche immer im Vakuum stattfinden mussten! Und da haben wir jahrelang studiert, nur um festzustellen, dass wir nichts verstanden haben", seufzte Schlömer resigniert.

„Und ich denke", sagte Dr. Kramer leise „Sie haben nun verstanden, worin die Brisanz seiner und meiner Forschung liegen. Alle unsere Arbeiten haben mächtige Lobbys als Gegner, die, sobald unsere Produkte am Markt sind, dicht machen können."

„Gerüchte gab es ja schon vor Jahren, wenn nicht sogar schon vor Jahrzehnten, dass die Öl Lobby, die gesamte Energiewirtschaft eigentlich schon Alternativpläne in der Schublade liegen hat, wie eine Energiekrise verhindert werden kann, wenn Öl oder Erdgas einmal knapp werden. Aber solange man an Öl und Erdgas kräftig verdient, ist das Interesse an der Umsetzung alternativer Konzepte natürlich eher gering."

„Und für Dr. Andres und mich," Dr. Kramer schaute sich unsicher um und wurde wieder ein wenig hektisch „ist diese Geschichte äußerst gefährlich."

„Ich gebe Ihnen hier ein paar Unterlagen über die grundsätzlichen Ideen der Forschung von Dr. Andres".

Er überreichte Wimmer einen Umschlag, in dem sich einige Schriftstücke befanden.

„Mehr Informationen kann ich Ihnen morgen geben."

„Aber, ...", wollte Schlömer wissen „warum geben Sie uns all diese Informationen und Unterlagen?"

„Erstens zu meiner Entlastung. Diese Geschichte mit der Raumenergie wird mir mittlerweile viel zu heiß. Zweitens gibt Sie Ihnen vielleicht die Möglichkeit, die Arbeit von Dr. Andres angemessen fortzusetzen und zu vervollkommnen. Das würde ich uns allen wünschen. Aber, seien Sie ab jetzt äußerst vorsichtig", flüsterte er.

„Ich werde nun gehen und Sie gehen bitte erst mindestens fünfzehn Minuten später. Wir sollten heute Abend nicht mehr zusammen gesehen werden.

Morgen treffen wir uns um 14:00 Uhr bei den Reales Atarazanas, das ist nicht weit von hier und zu Fuß gut für Sie zu erreichen. Dort können wir uns unauffällig treffen. Ich werde Ihnen weiteres Material mitbringen."

„14:00 Uhr, Reales Atarazanas", wiederholte Schlömer.

„Si, buenos noches." Mit diesen Worten verschwand Dr. Kramer.

Schlömer und Wimmer blieben alleine zurück.

„Und, was hältst du von Dr. Kramer?" fragte Wimmer.

„Na ja, ein wenig spleenig ist er schon. Aber sind große Wissenschaftler das nicht alle ein wenig?"

„Möglich", sagte Wimmer, „aber ich glaube schon, dass das alles stimmt, was er gesagt hat."

„Ja, das denke ich auch. Und dass er mittlerweile Angst um sein Leben hat, das glaube ich auch."

Sie verließen das Lokal und schlenderten ein wenig durch die laue Sommerluft in Richtung Altstadt und zurück am Ufer des Guadalquivir entlang.

„Wusstest du", fragte Wimmer „dass der Guadalquivir früher Betis hieß?"

„Nein, wusste ich nicht", gab Schlömer zu.

„Die Römer nannten den Fluss Baetis, später wurde daraus Betis. Der erfolgreichste Fußballclub von Sevilla heißt ja heute noch Betis Sevilla".

„Was du nicht alles weißt", schmunzelte Schlömer.

Am Torre del Oro setzten sie sich auf eine Bank an der Uferpromenade, um den herrlichen Sommerabend auszukosten.

„Glaubst du, dass wir ihn morgen um 14:00 Uhr da treffen?", fragte Schlömer.

„Ganz bestimmt", meinte Wimmer und legte den Arm um Schlömers Schultern, „aber im Moment beschäftigt mich eine ganz andere Frage. Ich habe da etwas nicht verstanden."

„So, was denn?"

„Sagte Dr. Kramer nicht, er hätte zwei Einzelzimmer für uns gebucht?"

„Hm", sagte Schlömer lächelnd, „das habe ich auch nicht ganz verstanden."

Wimmer beugte sich zu ihr rüber und gab ihr einen sanften Kuss.

Auf dem Rückweg zum Hotel hielten sie nur ab und zu an, um sich eine Sehenswürdigkeit im Dunkeln anzusehen, oder sich einen Kuss zu geben. Letzteres kam häufiger vor.

KAPITEL 11

Donnerstag, 30. Juli

Wimmer saß aufrecht im Bett und öffnete den Umschlag, den ihnen gestern Dr. Kramer gegeben hatte. Schlömer stand noch unter der Dusche. Es war 08:30 Uhr.

In dem Umschlag waren eine ganze Reihe von Unterlagen, Schriftstücke, die sich mit dem Thema „kalte Fusion" und Raumenergie auseinandersetzten. Das letzte Blatt aber behandelte eine „Unendlichkeitsmaschine".

„Wird ihm wohl da rein gerutscht sein", dachte Wimmer und begann, die Unterlagen über die Raumenergie zu lesen.

Schlömer kam aus dem Bad. Wimmer blickte auf und sah, dass sie nackt war.

„Und", fragte sie, „gefällt dir was du siehst?"

„Gefallen ist wohl noch leicht untertrieben", sagte er. „Hätte ich ja gar nicht vermutet, was du unter deinem weißen Arbeitskittel immer vor mir verborgen hast."

Er zog die Bettdecke beiseite und Schlömer folgte der Einladung und schmiegte sich an ihn.

Später fragte sie ihn: „Hast du schon etwas Interessantes in den Unterlagen gefunden?"

„Nein, bisher nicht. Alles nur theoretische Abhandlungen über die Raumenergie. Wenn wir mal viel Zeit und gute Laune haben, werden wir uns wohl damit auseinandersetzen. Und hier hinten ist ihm wohl aus Versehen eine Unterlage über eine Unendlichkeitsmaschine reingerutscht."

„Eine Unendlichkeitsmaschine?" wollte Schlömer wissen.

„Ja, ist vielleicht das nächste spleenige Projekt von Dr. Kramer."

„Was ist denn eine Unendlichkeitsmaschine", wollte Schlömer wissen.

„Dann pass mal auf, ich lese dir den Text vor. Keine Bange, ist nicht viel."

„Na dann mal los!"

„Die Unendlichkeitsmaschine hat ein mehrstufiges Untersetzungsgetriebe, wobei jeweils gleiche Getriebesätze hintereinandergeschaltet werden.

Obwohl der Getriebeeingang mit einer konstanten Winkelgeschwindigkeit angetrieben wird, wird sich der Getriebeausgang nicht drehen. Würde man ein Getriebe mit einer Untersetzung bauen, bei dem der Getriebeausgang achtmal langsamer dreht als der Getriebeeingang und gleichzeitig 20 solcher Getriebe hintereinander setzen, so müsste ein Beobachter, wenn der Getriebeeingang sich einmal pro Sekunde dreht 1.152.921.504.606.850.000 Sekunden (8^{20} Sekunden), das entspricht 36.533.877.881 Jahre!, warten, bis sich der Getriebeausgang einmal gedreht hat.

Würde man den Getriebeausgang blockieren, würde sich der Getriebeausgang sogar niemals drehen, da die dadurch verloren gegangene Bewegung durch Spiel in den Getriebeteilen sowie durch elastische Verspannung aufgefangen wird.

Paradox ist dabei, dass der Getriebeeingang mit konstanter Geschwindigkeit angetrieben wird, der Getriebeausgang aber offensichtlich still steht."

„Ein Unendlichkeitsparadoxon", sagte Schlömer. „So etwas kenne ich noch aus meiner Schulzeit von Zenon von Elea, der hatte es auch mit Unendlichkeitsparadoxa. Kennst du zum Beispiel das Paradoxon von Achilles und der Schildkröte?"

„Von Zenon von Elea kenne ich nur das Teilungsparadoxon. Erkläre mir zuerst das Paradoxon von Achilles und der Schildkröte, dann erkläre ich dir das Teilungsparadoxon, es sei denn, du kennst das auch."

„Nein, kenne ich nicht" musste Schlömer zugeben.

„Also beim Paradoxon von Achilles und der Schildkröte geht es um folgendes: Eine Schildkröte läuft in einer bestimmten Entfernung vor Achilles. Achilles versucht die Schildkröte einzuholen. Er läuft natürlich erheblich schneller als diese. Doch wenn Achilles an der Stelle ankommt, wo die Schildkröte gerade noch war, hat sie wieder ein Stückchen Weg zurückgelegt. Kommt Achilles an diesem Punkt an, hat sie wieder ein kleines Stückchen zurückgelegt, und so weiter.

Es entsteht damit eine unendliche Reihe und die logische Folge dieser Reihe ist, dass Achilles die Schildkröte nie einholen kann. Sie wird immer einen, wenn auch noch so kleinen, Vorsprung behalten."

„In der Tat", lachte Wimmer.

„So, und nun dein Teilungsparadoxon", wollte Schlömer nun wissen.

„Also das Teilungsparadoxon geht so: Wenn jemand 50 Meter weit laufen möchte, so muss er zuerst die Hälfte, also 25 Meter zurücklegen. Dazu muss er aber zuerst wieder die Hälfte, also 12,50 Meter zurücklegen. Wenn man kontinuierlich die verbleibende Wegstrecke halbiert, erhält man eine streng monoton fallende Folge, die gegen den Grenzwert Null strebt.

Damit hat Zenon von Elea mathematisch „bewiesen", dass wir uns eigentlich überhaupt nicht fortbewegen können."

„Also, Probleme hatte der", meinte Wimmer schmunzelnd.

„Aber interessant ist das schon", sagte Schlömer.

„Kennst du denn auch das Pinocchio-Paradoxon?" fragte Wimmer.

„Das Pinocchio-Paradoxon?"

„Ja, genau."

„Nein, kenne ich nicht. Erzähl!"

„Also Pinocchio sagt: ‚Meine Nase wächst jetzt'."

„Er sagt: ‚Meine Nase wächst jetzt', … was soll daran paradox sein?"

„Na überlege mal: Wenn sie tatsächlich wächst, hätte er die Wahrheit gesagt, aber dann hätte die Nase gar nicht wachsen dürfen. Wächst die Nase aber nicht, so hätte er gelogen und die Nase hätte auf jeden Fall wachsen müssen."

„In der Tat", musste Schlömer schmunzelnd zugeben.

Nach einer kurzen Pause sagte sie: „Eine Unendlichkeitsmaschine also."

„Ja, sieht so aus", sagte Wimmer.

„Und du glaubst, die Beschreibung dieser Maschine ist ihm aus Versehen in den Umschlag gerutscht?"

„Ja, vermutlich schon", grübelte Wimmer, „oder auch nicht."

„Ich bin mir ziemlich sicher, dass es kein Zufall ist", sagte Schlömer, „denn letzlich handelt es sich hierbei wieder um ein Paradoxon. Wie ich unseren Doc mittlerweile kennen gelernt habe, versucht er, uns damit wieder irgendetwas mitzuteilen."

„Schon möglich, …aber was?"

„Den nächsten Teil seiner „Lebensversicherung" vielleicht?"

„Vielleicht", sagte Wimmer „ich gehe jetzt mal in mein Zimmer. Ich muss mich ja nun auch ein bisschen frisch machen und zumindest mal umziehen."

Er öffnete sein Zimmer und erschrak. Irgendjemand war in sein Zimmer eingedrungen. Alles war durchwühlt und lag auf Bett und Fußboden verteilt. Sein gesamtes Reisegepäck war durchsucht worden. Selbst die Schränke und die Schreibtischschubladen des Hotelzimmers hatte man durchwühlt und alles offen stehen gelassen. Ein äußerst ungutes Gefühl beschlich ihn. Er merkte, wie sein Blutdruck sank und sein Mund sehr trocken wurde.

„Was wäre gewesen, wenn ich zum Zeitpunkt des Einbruchs anwesend gewesen wäre?" fragte er sich.

Er rief Schlömer, deren Zimmer auf dem nächsten Flur lag, per Haustelefon an und bat sie, schnell zu kommen. Am Tonfall erkannte sie, dass etwas Schlimmes passiert sein musste. Als sie das Zimmer betrat, verschlug es auch ihr zunächst die Sprache.

„Irgendjemand weiß, dass wir hier sind und Kontakt mit Dr. Kramer haben. Oder glaubst du, dass der Einbruch auch nur zufällig stattgefunden hat?" fragte Wimmer.

„Nein", sagte sie, „das sieht mir alles nicht nach Zufall aus", und nach einer Pause: „Langsam fange ich an, mir richtig Sorgen, auch um uns, zu machen."

„Ich glaube auch, dass wir dabei sind, ganz kräftig in ein Wespennest zu stechen."

„Aber", ergänzte er, „langsam fängt es an, mir Spaß zu machen. Wir scheinen auf einer ganz heißen Spur zu sein."

„Wenn wir mal bloß heil da raus kommen", hatte Schlömer Bedenken.

„Was bleibt uns übrig?" stellte Wimmer eine rhetorische Frage.

„Wenn wir den „Lebensversicherungen" von Dr. Andres folgen, werden wir vermutlich früher oder später auf konkrete Hinweise stoßen, die uns zum Täter führen. Vielleicht decken wir einen riesigen Wirtschaftsskandal auf!"

„Vielleicht aber auch nicht, vielleicht wird es einfach nur gefährlich, ohne dass wir merken, woran wir eigentlich sind."

„Also ich bin im Moment Feuer und Flamme, Detektiv zu spielen. Und dass die mein Zimmer durchwühlt haben, das nehme ich persönlich. Außerdem", versuchte er Schlömer zu beruhigen, „können wir uns, wenn die Hinweise konkret genug sind oder es uns zu gefährlich erscheint, immer noch an die Polizei wenden."

„Wie weit die überhaupt schon gekommen sein mögen?" fragte Schlömer.

„Keine Ahnung. Jedenfalls muss es für den Einbrecher frustrierend gewesen sein, in meinen Unterlagen nichts Brauchbares oder Verwertbares gefunden zu haben."

Sie räumten gemeinsam Wimmers Zimmer auf und versuchten, Spuren des Täters zu finden.

„Manchmal hilft einem ja der Zufall", sagte Schlömer und schaltete ihr Handy ein.

„Ja, aber hier glaube ich nicht an Zufall. Was haben wir bisher? Einen Mord, einen Einbruch, das sieht mir nicht so aus, als ob die Täter zufällig einen Hinweis liegen lassen würden. Das scheint eher professionell zu laufen."

„Oh, ich habe eine SMS", sagte Schlömer.

„Von Dr. Kramer", ergänzte sie ein wenig verwirrt.

„Von Dr. Kramer?" wiederholte Wimmer. „Woher hat der denn deine Handynummer?"

„Ich habe ihn doch gestern vom Flughafen aus angerufen", sagte Schlömer.

„Was schreibt er denn?"

„Die SMS ist noch von gestern Abend. Komisch. Sehr merkwürdig."

„Was schreibt er denn?" wollte Wimmer wieder wissen.

„Also, … er schreibt: „Die Party steigt Freitag um 18:00 Uhr. Be careful. Der Bulle vom Schloss. Kramer."

„Lass sehen", sagte Wimmer.

Aber tatsächlich, das war der Inhalt der SMS.

„Es wird immer rätselhafter", sagte Schlömer.

„Was will er uns damit sagen?" fragte Wimmer.

„Na", meinte Schlömer „da werden wir ihn heute Nachmittag mal fragen, was er sich dabei gedacht hat."

KAPITEL 12

Sie frühstückten und überlegten, wie sie die Zeit bis 14:00 Uhr am besten überbrücken könnten.

„Also wenn du mich fragst", meinte Schlömer „sollten wir die Zeit nutzen, um Sevilla ein wenig besser kennen zu lernen."

„Wo wir schon einmal hier sind, sollten wir uns nichts entgehen lassen", stimmte ihr Wimmer zu.

Schlömer packte ihre Umhängetasche. Sie nahm die Unterlagen, die sie von Dr. Kramer bekommen hatte und einen Stadtplan von Sevilla mit.

„Kannst du das hier auch noch einpacken?" fragte Wimmer.

„Was ist das denn?" fragte Schlömer.

„Ein kleines technisches Spielzeug. Habe ich eigentlich immer dabei, wenn ich unterwegs bin."

„Sieht aus wie ein Mini-Fernseher."

„Ja, so ähnlich", sagte Wimmer und steckte das kleine Gerät in die Umhängetasche.

Sie begannen ihren Rundgang am Plaza de Toros de la Maestranza, der Stierkampfarena, weil es vom Hotel aus am nächsten lag.

„Stierkampfsaison von April bis Oktober", las Schlömer.

„Hm, wie gefallen dir denn Stierkämpfe?" wollte Wimmer wissen.

„Sind es denn Stier*kämpfe*? Oder wird da einfach nur ein Tier vor einem johlenden Publikum vorgeführt, gequält und schließlich, von Beginn an chancenlos, getötet? Ist das ein Kampf oder einfach nur Tierquälerei?"

„Tja", meinte Wimmer, „vermutlich muss man Spanier sein, um das zu verstehen oder gar Spaß daran zu haben."

„Das Problem liegt vermutlich auch darin, dass wir als „Krone der Schöpfung" genetisch eigentlich noch Steinzeitmenschen sind, eigentlich immer noch Jäger und Sammler. In solchen Stierkämpfen kommen Urinstinkte durch", sagte Schlömer.

„Da sind Stierkämpfe noch nicht einmal so sehr die Ausnahme.

Wie sieht es denn bei uns mit Kampfsport, zum Beispiel bei Boxkämpfen oder beim Ultimate Fighting, aus?

Die Natur hat im Laufe der Evolution über Millionen von Jahren eine harte Kalkschale für unseren Schädel entwickelt, um das komplexeste organische Gebilde, das es vermutlich im Universum gibt, nämlich unser Gehirn, zu schützen. Und was machen die Kämpfer? Die „Kämpfer" trommeln wie verrückt auf diesem Schädel herum, bis die Schutzfunktion versagt und einer der Kämpfer ausgeknockt wird. Das schauen sich doch bei uns auch Millionen Zuschauer am Fernsehapparat an."

„Wie die Gladiatorenkämpfe schon vor über zweitausend Jahren. Der Trieb der dahintersteckt, dieser Instinkt ist wohl auch derselbe, der die Leute Autorennen oder Fußballspiele ansehen lässt. Die Begeisterung, der Fanatismus, das kollektive Erleben, Sieger und Verlierer sehen, ist hierbei doch dasselbe."

„Das stimmt wohl", meinte Wimmer, „nur finden Autorennen und Fußballspiele, zumindest meistens, ohne Blutvergießen statt. Wenn es darum geht, Urinstinkte und Triebe zu befriedigen, dann sind diese Veranstaltungen schon ein enormer kultureller Fortschritt."

„Lass uns lieber weiter gehen, bevor wir jetzt auch noch anfangen, philosophisch zu werden", beendete Schlömer das Gespräch lächelnd.

Sie gingen am Guadalquivir entlang, am Torre del Oro, den sie am vorherigen Abend schon von künstlichem Licht angestrahlt gesehen hatten, vorbei zum Palacio de San Telmo. Von dort schlenderten sie über die Plaza de Espana zum Gebäude der Universität von Sevilla. Von dort aus ging es zum Placa del Triunfo mit dem Archivo de Indias und schließlich zur Kathedrale. Nach der Besichtigung der Kahtedrale meinte Schlömer:

„Ich glaube, das war jetzt schon eine Menge an Sehenswürdigkeiten und Kultur. Meinst du nicht auch, wir hätten uns langsam mal einen Kaffee verdient?"

„Oder ein Eis", meinte Wimmer.

Sie suchten und fanden ein Eiscafé und genossen den sonnigen, heißen Tag.

Gegen 13:45 Uhr meinte Wimmer, es sei Zeit langsam zu den Reales Atarazanas zu gehen, um Dr. Kramer auf keinen Fall zu verpassen.

Die Reales Atarazanas sind die königlichen Schiffszeughäuser und gehören zu den ältesten Bauwerken der Stadt. Sie stammen aus dem dreizehnten Jahrhundert. Nachdem die Reales Atarazanas renoviert wurden kann man sich zwischen den unverputzten Mauern wie in einer Kathedrale des mittelalterlichen Geschäftslebens fühlen.

„Na ja", meinte Wimmer. „Ob das ein Ort ist, wo man sich unauffällig treffen kann? Hier wimmelt es ja nur so von Menschen."

„Ja aber das macht es ja gerade so unauffällig. In dieser Menschenmenge fallen wir überhaupt nicht auf. Sinnvollerweise haben wir aber keinen genauen Treffpunkt vereinbart. Am besten wird es wohl sein, hier am Haupteingang zu warten.

Sie warteten.

Es wurde 14:05 Uhr, 14:15 Uhr.

Wimmer ging ein wenig umher, während Schlömer am Haupteingang wartete. Vielleicht stand Dr. Kramer ja irgendwo anders.

Schließlich wurde es 14:30 Uhr, aber Dr. Kramer erschien nicht.

„Vielleicht ist er aufgehalten worden", meinte Schlömer.

„Oder er hat Angst bekommen und traut sich nicht, sich mit uns hier zu treffen."

„Warte", schlug Schlömer vor, „ich rufe ihn auf seinem Handy an. Vielleicht ist er ja schon unterwegs."

Sie wählte die Nummer von Dr. Kramer. Nach dem vierten Klingeln ging die Mobilbox dran.

Einige Minuten später versuchte sie es erneut, mit demselben Ergebnis. Es meldete sich nur die Mobilbox.

„Weißt du was ich jetzt mache?" fragte Wimmer. „Ich rufe im Unternehmen an und frage, ob Dr. Kramer noch im Hause ist. Vielleicht ist ihm ja da etwas dazwischen gekommen."

„Gute Idee", meinte Schlömer.

Wimmer wählte die Nummer von General Analytics.

„General Analytics, Olentes mein Name, was kann ich für Sie tun?", meldete sich die Dame in der Telefonzentrale.

„Guten Tag, können Sie mich bitte mit Dr. Kramer verbinden?", fragte Wimmer, bewusst ohne seinen Namen zu nennen. Man konnte ja nie wissen.

Am anderen Ende der Leitung herrschte Stille.

„Entschuldigung", fragte Wimmer nach „sind Sie noch dran?"

„Ja, äh, Ich kann Sie leider nicht mit Dr. Kramer verbinden. Dr. Kramer arbeitet nicht mehr für unser Unternehmen."

„Wie bitte?", entfuhr es Wimmer. „Seit wann arbeitet er nicht mehr für Ihr Unternehmen?"

„Seit heute nicht mehr", sagte die Dame am anderen Ende der Leitung.

„Was ist denn passiert? Gestern arbeitete er doch noch für Sie?", fragte Wimmer nach.

„Ja, es tut mir sehr leid, aber Dr. Kramer hatte gestern Abend einen schrecklichen Verkehrsunfall."

„Gestern Abend einen Verkehrsunfall?", wiederholte Wimmer. „Wie geht es ihm denn?"

„Tut mir leid, Senor, aber Dr. Kramer hat den Verkehrsunfall leider nicht überlebt."

„Das kann nicht wahr sein!" rief Wimmer.

„Tut mir leid, Senor, wir sind auch alle sehr bestürzt."

„Vielen Dank", sagte Wimmer leicht verstört und legte auf.

Wimmer war kreidebleich.

„Habe ich das richtig verstanden?", fragte Schlömer.

„Ja", erwiderte Wimmer, „Dr. Kramer ist gestern bei einem Verkehrsunfall ums Leben gekommen."

Schlömer schwieg betroffen.

„In diesem Fall glaube ich nicht an Zufälle", sagte sie nach einer Weile.

„Ich auch nicht", stimmte Wimmer zu. „Der Mord an Dr. Andres, der Einbruch in mein Hotelzimmer, gestern Abend die geheimnisvolle SMS und dann Dr. Kramers Tod. Ich fürchte auch das war ein Mord."

„Und ich fürchte", sagte Schlömer, „dass wir in aller höchster Gefahr schweben."

„Wir müssen versuchen, die Sache zu verstehen und aufzudecken. Im Moment scheinen unsere Gegner immer einen Schritt voraus zu sein."

„Sie wissen aber offenbar nicht, dass wir heute hier mit Dr. Kramer verabredet waren. Diesen kleinen Vorteil müssen wir ausnutzen."

„Die SMS, wir müssen die SMS enträtseln. Nur dann kommen wir weiter", sagte Wimmer.

„Und die Geschichte mit dieser „Unendlichkeitsmaschine". Ich bin mir sicher, dass die nicht zufällig in die Unterlagen gerutscht ist. Schließlich war es ja wieder mit einem Paradoxon verbunden. Das muss ein Hinweis von Dr. Andres gewesen sein."

Sie schwiegen eine Weile.

„Wir brauchen unbedingt ein Internetcafé, damit wir recherchieren können", meinte Schlömer.

„D'accord", schloss sich Wimmer ihrer Meinung an.

111

Sie fragten Passanten nach einem Internetcafé. Der vierte, den sie ansprachen, konnte ihnen weiter helfen.

Im Internetcafé angekommen, versuchten sie durch googeln, das Rätsel zu lösen.

„Lies bitte noch einmal die SMS vor", bat Wimmer.

„Die Party steigt Freitag um 18:00 Uhr. Be careful. Der Bulle vom Schloss. Kramer", las Schlömer.

„Was für eine Party?", fragte Wimmer.

„Das kann natürlich wieder ein Rätsel sein. Ein Codewort, oder so etwas. Es kann natürlich auch sein, dass er damit nur ein Meeting, ein Treffen andeutet. Woher soll ich wissen, was er sich dabei gedacht hat?" schien Schlömer schon ein wenig genervt.

„18:00 Uhr ist ziemlich eindeutig", sagte Wimmer.

„Und „be careful" ist vermutlich auch kein Code sondern ernst gemeint."

„Der Bulle vom Schloss…", fuhr Wimmer fort. „Na dann lass uns mal Googeln."

Er gab „Bulle" und „Schloss" als Suchbegriffe ein.

„Hier, *Schloss Bulle* in Freiburg", las Schlömer.

„Ja, und hier: Sehenswert in *Bulle* sind die Altstadt mit dem *Schloss*", fand Wimmer.

„Der *Bulle* von Tölz ... In dem Internat *Schloss* Lohenstein…", fuhr Schlömer fort.

„Infocenter *Berliner Schloss* e. V. am Hausvogteiplatz 3-4 (am *Bullenwinkel*)", fuhr Wimmer mit den Ergebnissen fort.

„Das sagt mir alles überhaupt nichts", sagte Schlömer leicht resignierend.

Die beiden schwiegen wieder eine Weile.

„Dann versuchen wir es jetzt mit der „Unendlichkeitsmaschine", schlug Wimmer vor.

„Erster Eintrag ist von Wikipedia", sagte Schlömer, „war ja auch zu erwarten."

„Dann lies mal. Vielleicht hilft uns das ja weiter", sagte Wimmer.

„Allgemeines, was auch in unserer Unterlage stand, ... und dann hier: Die Unendlichkeitsmaschine wurde im Technikmuseum Dynamikum in Pirmasens realisiert. Pirmasens, Pirmasens, ...", sinnierte Schlömer. „War da nicht etwas mit Pirmasens?"

„Hm, ist ja recht einprägsam der Name Pirmasens. Warte ich schau mal auf die Visitenkarten", sagte Wimmer.

„Da, ich glaube es nicht", rief er erstaunt, „Dr. Hermann Fricke, Chemische Werke Pirmasens. Soll das der Hinweis gewesen sein?"

„Gib mal in Google ein: *Bulle* und *Pirmasens*", schlug Schlömer vor.

„Hm, viele Ergebnisse, aber nichts, was uns irgendwie helfen könnte."

„Dann gib mal ein: *Stier* und *Pirmasens*", war Schlömers nächster Vorschlag.

„Da schau an", meinte Wimmer, *„Rund 30 bunte Stierplastiken bevölkern seit 2006 das Pirmasenser Stadtbild."*

„Die Stiere scheinen für Pirmasens das zu sein, was die bunten Löwen für Saarbrücken und die bunten Pferde für Aachen sind", ergänzte er.

„Wir nähern uns", frohlockte Schlömer.

„Guck mal, ob die hier Google Earth installiert haben", meinte Wimmer.

„Haben sie", sagte Schlömer, startete Google Earth und zoomte sich in Pirmasens rein.

„Da, guck mal", rief sie freudig, „Bulle vor der Stadthalle, Bulle an der Schlossstraße, Bulle am Schlossbrunnen!"

„Ich könnte dich küssen", sagte Wimmer.

„Dann tu´s doch", sagte Schlömer mit vorwurfsvollem Unterton.

Das wiederum ließ sich Wimmer nicht zweimal sagen.

Nach einer Weile stürzten sie sich wieder auf das Rätsel.

„Also, ganz ehrlich", meinte Schlömer, „besonders einfach machen uns die Docs das hier nicht gerade."

„Für mich steht jetzt aber eigentlich fest: Es geht um Dr. Fricke von den Chemischen Werken in Pirmasens. Wir hatten mit der Unendlichkeitsmaschine und dem Bullen wieder einen doppelten Hinweis, genau wie bei Dr. Kramer in Sevilla."

„Und für mich steht fest, dass die Party morgen Abend in den Chemischen Werken um 18:00 Uhr stattfindet."

„Würde ich mich eigentlich anschließen", sagte Wimmer.

„Nur, wie kommen wir dahin?", fragte Schlömer.

„Zum Glück gibt es ja hier das Internet. Dann lass uns mal schauen...", sagte Wimmer, bereits nach einem Flug suchend.

Es dauerte nicht lange und sie waren fündig geworden.

„Von Sevilla nach Stuttgart, Airberlin: SVQ–STR AB1169, Freitag, Abflug 06:30 Uhr, Ankunft 11:10 Uhr. Den müssen wir nehmen", sagte Schlömer.

„Nichts leichter als das", schmunzelte Wimmer, „Da haben wir bisher schon ganz Anderes geschafft."

Einige Minuten später hatten sie zwei Flüge nach Stuttgart online gebucht.

„Na, dann lass uns mal zurück zum Hotel gehen. Wir müssen ja noch ein wenig packen", meinte Schlömer.

Da sie noch viel Zeit hatten, schlenderten sie den Weg gemütlich zurück zu ihrem Hotel. Auf dem Weg mussten sie aber immer wieder an die Ereignisse der letzten Tage denken. Eine gigantische Explosion im Labor, der ermordete Dr. Andres, Hals über Kopf nach Sevilla, der Einbruch in Wimmers Zimmer, der Mord an Dr. Kramer.

„Vielleicht sollten wir uns doch langsam mal an die Polizei wenden", sagte Schlömer.

„Ja", sagte Wimmer ironisch, „das ist vermutlich eine gute Idee. Unser Chef wird umgebracht. Wir haben aus Sicht der Polizei vielleicht ein Motiv, jedenfalls kein Alibi. Wir sollen uns für die Polizei zur Verfügung halten und was machen wir? Reisen ganz spontan nach Sevilla. Wenn das nicht nach einer überstürzten Flucht aussieht.

Kaum hier angekommen wird die nächste Person, mit der wir Kontakt aufnehmen ermordet. Vielleicht haben wir wieder ein Motiv, die wissenschaftlichen Arbeiten von Dr. Kramer, aber sicher wieder kein Alibi.

Es wäre bestimmt eine sehr gute Idee, jetzt zur Polizei zu gehen."

„Stimmt ja", sagte Schlömer „aber ein bisschen Angst habe ich langsam schon."

„Wir haben den Flug gebucht und jetzt, denke ich, ziehen wir das Ganze soweit wir können auch durch."

Sie befanden sich auf der Calle de los Alemanes, die unmittelbar neben der Kathedrale verläuft und hatten gerade die Sonnenschirme der „Bar Gonzalo" hinter sich gelassen, als sie hinter sich Schreie hörten.

Sie drehten sich um und sahen, wie ein großer Geländewagen, vielleicht ein Chevrolet, aus der Calle Plecentines mit hoher Geschwindigkeit und quietschenden Reifen in die Calle de los Alemanes einbog.

Der Wagen beschleunigte und steuerte auf den letzten Metern auf den Bürgersteig, genau auf Schlömer und Wimmer zu. Das Fahrzeug sprang förmlich auf den Bürgersteig, mähte bei der „Bar Gonzalo" einen Mülleimer und den letzten Sonnenschirm um und kam unaufhaltsam näher.

„Lauf!" schrie Wimmer.

Schlömer blieb vor Schreck wie angewurzelt stehen.

„Lauf!" schrie Wimmer wieder. Er fasste sie am Arm, zerrte sie ein paar Meter weiter und sprang, Schlömer vor sich her stoßend, in die Einmündung der Calle Hermando Colon.

Keine Sekunde zu früh. Der Geländewagen raste haarscharf an ihnen vorbei und erwischte mit dem Stoßfänger noch Wimmers rechten Fuß.

Mit quietschenden Reifen und laut aufheulendem Motor entfernte sich das Fahrzeug.

Beim Sprung und anschließenden Sturz hatten sich beide leichte Blessuren zugezogen. Schlömer hatte Schürfwunden an den Händen, Wimmer schmerzte sein rechter Knöchel.

„Zum Glück scheint er nicht gebrochen zu sein", sagte er.

Schlömer sah ihn an und war kreidebleich.

„Das war der erste Mordversuch, der uns galt", sagte sie.

„Das kann man wohl sagen, aber ist ja nichts passiert", sagte er mit leichtem Zittern in der Stimme. Er hielt sich den Fuß und versuchte gleichzeitig beruhigend auf Schlömer zu wirken. Aber es gibt Situationen, in denen ist es nicht leicht, den coolen Helden zu spielen. Schließlich lagen bei ihm auch die Nerven blank.

Schnell waren sie umringt von Menschen, die den Vorfall hautnah miterlebt hatten. Schlömer und Wimmer sahen besorgte Gesichter und hörten lautes spanisches Geschnatter, von dem sie außer „Policia" kein Wort verstanden.

Sie standen auf und gingen nun weiter in die Cale Hernando Colon. Dabei versuchten sie beruhigend auf die Spanier zu wirken, während sie sich so, als sei nichts geschehen, vom Ort des Geschehens entfernten.

Außer Sichtweite der Schaulustigen musste Wimmer sich dann doch humpelnd an Schlömers Schulter abstützen. Sein Fuß tat fürchterlich weh.

Die Cale Hernando Colon ist eine Fußgängerzone, die von Textilbahnen überspannt ist und dadurch den Cafés und Restaurants angenehmen Schatten spendet.

Die Cale Hernando Colon geht in die Plaza de San Francisco über. Unmittelbar vor der Banca de Espana befindet sich ein Brunnen, an dem sich die beiden setzten und überlegten, was jetzt zu tun sei.

„Also eins steht fest", meinte Wimmer. „Man weiß ziemlich genau wer wir sind und wo wir sind."

„Unser Hotel und unsere Zimmer sind denen auch bekannt. Da können wir unmöglich hin zurück. Das wäre viel zu gefährlich."

„Wir müssen für heute Nacht eine andere Unterkunft finden, die unseren Verfolgern dann nicht bekannt ist. Außerdem haben wir den Vorteil, dass wir für Morgen den Flug gebucht haben, von dem die Täter noch keine Ahnung haben. Diese kleinen Vorteile müssen wir ausnutzen."

Da sie nun nicht mehr an ihr Reisegepäck im Hotel kamen, kauften sie in einem kleinen Laden schnell ein paar notwendige Sachen.

Anschließend gingen sie wieder zum Brunnen. Es dauerte nur einige Minuten und sie konnten ein Taxi heranwinken.

Mit ein wenig Englisch und mit Händen und Füßen machten sie dem Fahrer klar, dass sie ein Hotel, außerhalb der City, möglichst Richtung Flughafen suchten.

„Si", nickte der Fahrer und fuhr sie zu einem kleinen Drei-Sterne-Hotel, Catalonia Hispalis in der Avenida Andalucia.

Hier checkten sie ein. Der Portier an der Rezeption war zwar ein wenig überrascht, dass eine junge Dame mit verbundenen Händen und ein humpelnder Mann, beide ohne Gepäck, einchecken wollten, aber letztlich schien es ihm egal zu sein, solange sie sich mit Personalausweis ausweisen konnten.

Sie verbrachten eine unruhige Nacht.

KAPITEL 13

Mittwoch, 29. Juli, Innenministerium.

Im Innenministerium der Bundesrepublik Deutschland herrschte hektische Aufgeregtheit. Der Innenminister, diverse Staatssekretäre und hochrangige Mitarbeiter des BND waren im Konferenzraum anwesend.

„Meine sehr geehrten Damen und Herren", begann der Innenminister.

„Meine sehr geehrten Damen und Herren", wiederholte er seine Ansprache deutlich lauter, um den hohen Geräuschpegel im Raum zu übertönen. Langsam kehrte Ruhe ein.

„Meine sehr geehrten Damen und Herren", begann er zum dritten Mal.

„Ich kann sehr wohl verstehen, dass Sie alle in dieser Situation aufgeregt sind. Bitte verhalten Sie sich diszipliniert und ruhig."

Er ließ eine Pause von ein paar Sekunden.

„Ich bitte um Entschuldigung, dass die Einladung zu dieser Sitzung so plötzlich und kurzfristig erfolgte. Umso mehr möchte ich mich bei Ihnen bedanken, dass Sie der Einladung so schnell folgen konnten.

Bevor die eigentliche Sitzung beginnt, möchte ich Ihnen mitteilen, dass alles was Sie in den nächsten Minuten hören werden und alles, was hier besprochen und eventuell beschlossen wird der strengsten Geheimhaltung unterliegt. Nichts, aber auch gar nichts darf an Presse oder Öffentlichkeit gelangen. Ich bitte, das zur Kenntnis zu nehmen und zu beherzigen.

Meine Damen und Herren, wir sind seit dem Terrorismus durch die RAF in den Siebzigern des letzten Jahrhunderts als deutscher Staat nicht mehr in einer solchen Situation gewesen."

Er machte wieder eine kurze Pause, um die Bedeutung seiner Worte zu unterstreichen.

„Terroristen", fuhr er fort „versuchen, den deutschen Staat zu erpressen und drohen mit dem Tod zehntausender Menschen".

Wieder folgte eine kurze Pause, die die anwesenden zu einem überraschten Gemurmel veranlasste. Ratlos schauten sich die Anwesenden um und blickten in ebenso ratlose Gesichter ihrer unmittelbaren Nachbarn.

„Herr Staatssekretär Staufer ist mit der Sache unmittelbar betraut und verfügt über die aktuellsten Informationen. Er wird Ihnen die Situation nun näher schildern." Er übergab das Wort an Staufer.

„Sehr geehrte Damen und Herren", begann auch Staufer seine Ansprache, „ich werde mich kurzfassen. Heute Morgen erhielten wir eine E-Mail mit folgendem sehr bedrohlichen Wortlaut:

Betreff: „Berlin – zehntausende Menschen sterben"

Text:

„Nehmen Sie diese Mail ernst.

Der deutsche Staat hat hunderte Milliarden Euro an Steuermitteln veruntreut. Banken und Finanzinstitutionen haben aus reiner Gier und Gewinnsucht eine Finanzkrise heraufbeschworen. Bereitwillig hat der Staat genau diesen Institutionen zur Abwendung dieser Finanzkrise gigantische Beträge geschenkt, während diese Institutionen ihre Gewinne der vergangenen Jahre nicht angreifen mussten. Und ihre Manager werden auch weiterhin mit Millionen-Gehältern, Millionen-Abfindungen und Millionen-Boni belohnt.

Die Steuereinnahmen des Bundes beliefen sich 2008 auf 515,5 Milliarden €. Doch das reichte nicht. Zusätzlich macht der Bund noch fleißig Schulden. Die Staatsschulden beliefen sich Ende 2008 auf über 956 Milliarden €.

Nun fordern wir unseren Teil vom Kuchen: **Zehn Milliarden Euro.**

Zahlbar ist der Gesamtbetrag am Montag der nächsten Woche. Die weitere Vorgehensweise für die Geldübergabe teilen wir Ihnen kurzfristig mit. Sollten Sie unseren Anweisungen nicht folgen, werden wir Ihnen unsere Macht am Mittwoch demonstrieren. Zehntausende Menschen in Berlin würden sterben.

Näheres unter www.vacuum.ht

Für den Login benötigen Sie:

Username ‚Germany'

Passwort ‚Euro10Mrd'.

Nehmen Sie diese Mail ernst."

Erneut ging ein Raunen durch den Saal.

„Wir haben die Seite www.vacuum.ht aufgesucht und uns mit den eben erwähnten Logindaten eingeloggt", fuhr Staufer fort.

„Auf der professionell erstellten Seite waren Informationen über die sogenannte „kalte Fusion". Bei der kalten Fusion, einer Fusion von Wasserstoffatomen, kann quasi bei Zimmertemperatur eine enorme Energiemenge freigesetzt werden. Von ihrer Wirkung ist sie mit einer Atombombe durchaus zu vergleichen. Wir haben das von unseren Wissenschaftlern überprüfen lassen. Die Theorie ist schon länger bekannt, die praktische Umsetzung ist bisher regelmäßig schon im Ansatz gescheitert.

Neben dieser Information über die kalte Fusion ist auf der Website eine makabre Animation zu sehen, die zeigt, wie Teile von Berlin durch eine Explosion dem Erdboden gleich gemacht werden. Es ist dabei aber nicht eindeutig ersichtlich, welche Teile Berlins konkret gemeint sind."

Die Unruhe im Saal wurde größer.

„Ruhe bitte, Ruhe bitte", brüllte der Innenminister.

Ein Mitarbeiter des BND meldete sich: „Woher kam die Mail? Es gibt sicherlich eine Mail-Adresse, über die herausgefunden werden kann, wer der Inhaber der Adresse ist. Zumindest wird man herausfinden können von wo sie abgesendet worden ist, über welchen Provider, zu welcher Uhrzeit und so weiter. Was wissen Sie darüber?"

„Da haben unsere Experten natürlich sofort dran gearbeitet", erklärte Staufer. „Die Mail-Adresse lautet: Checker@onmail.ht. Die Top-Level-Domain „ht" ist der Ländercode von Haiti. Wie sich sicherlich wissen, gibt es sehr viele, meist betrügerische Firmen und Scheinfirmen, die sich über Umwege völlig anonym, zum Beispiel in Haiti, Somalia, Nigeria, Mail-Adressen und Domains zulegen können. Für uns besteht da zunächst kaum eine Möglichkeit irgendetwas herauszufinden."

„Aber die Mail wird ja vermutlich nicht aus Haiti geschickt worden sein", hakte der Mitarbeiter des BND nach.

„Auch das ist für uns problematisch, da es im Internet immer mehr Anonymisierungsdienste gibt, über die man völlig anonym, ohne Spuren zu hinterlassen im www surfen und mailen kann. Vielleicht sind Ihnen JAP (Just Another Proxy) oder Anonymouse Begriffe. Die Userdaten werden über Rechenzentren und Internet-Knotenpunkte rund um die ganze Welt geschickt, so dass die Ursprungsadresse und die Ursprungs-IP des Users nicht mehr zu ermitteln oder zu rekonstruieren ist. Und genau einen solchen Anonymisierungsdienst scheinen die Terroristen benutzt zu haben. Es ist überhaupt nicht nachvollziehbar, woher die Mail tatsächlich stammt."

„Wir müssen Berlin evakuieren!"

„Das sind vermutlich völlig verrückte Spinner. Man darf so etwas nicht ernst nehmen!"

„Wir müssen einen Notfallplan erarbeiten!"

Die Unruhe im Saal wurde größer.

„Meine Damen und Herren", schaltete sich der Innenminister wieder ein. „Sie werden nun von uns in kleinere Expertengremien und Ausschüsse mit bestimmten von uns bereits vorbereiteten Fragestellungen eingeteilt. In drei Stunden werden wir uns hier wieder versammeln. Wir werden dann die Ergebnisse der einzelnen Gruppen vorstellen und hoffen durch Clustern der Ergebnisse und Synergieeffekte, einen Lösungsansatz für diese Krise zu finden."

KAPITEL 14

Donnerstag, 30. Juli, Hauptkommissariat.

„Und, nichts Neues?" fragte Schuster Kommissar Schütte. Schuster war Mitarbeiter in Schüttes Team.

„Nein", antwortete Schütte. „Bisher nichts."

„Ich könnte mir natürlich in den Hintern beißen", fuhr er fort. „Schlömer und Wimmer, die beiden Mitarbeiter von Dr. Andres, waren von Anfang an verdächtig. Sie waren unmittelbare Mitarbeiter und in geheime Projekte involviert. Durch den Hinweis meiner Tochter sind wir erst darauf gestoßen, dass sich am Mittwoch vor zwei Wochen eine heftige Detonation im Labor von Dr. Andres ereignet hat. Die Erdbebenstation in Bensberg hat sie sogar registrieren können. Erstaunlicherweise hat die Detonation aber keinen Schaden angerichtet.

Schlömer und Wimmer hatten sicherlich mindestens ein Motiv. Zum Beispiel wissenschaftliche Erkenntnisse, damit verbunden vielleicht Ruhm und Ehre und damit verbunden vielleicht viel Geld. Oder Eifersucht. Dr. Andres ließ sie am Erfolg ihrer Projekte nicht teilhaben. Oder..., was weiß ich, jedenfalls sind sie Hauptverdächtige.

Andererseits hätten sie sich als Hauptverdächtige nicht besser ins Rampenlicht bringen können, als ihn genau an ihrem Arbeitsplatz umzubringen. Das macht die Sache eigentlich wieder sehr unwahrscheinlich. Aber vielleicht kam es ja zum Streit im Labor?

Tatsache ist, die beiden sind Hauptverdächtige im Mordfall Andres. Ich habe ihnen gesagt, sie mögen sich zur Verfügung halten. Und was erfahre ich? Sie sind entlassen worden und gemeinsam Hals über Kopf geflohen. Die offensichtliche Fluchtgefahr habe ich wohl unterschätzt."

„Wo sind die Fahrzeuge der beiden?" fragte er Schuster.

„Das Fahrzeug der Frau Schlömer haben wir gefunden. Es steht vor ihrer Wohnung. Der PKW des Herrn Wimmer ist bisher nicht gefunden worden.

Es ist also möglich, dass sich die beiden mit dem PKW abgesetzt haben. Ob sie nun im Inland unterwegs sind oder im EU-Ausland, ihre Fährte aufzunehmen wird sehr schwierig werden. Ohne Grenz- und Passkontrollen könnten sie sich irgendwo in Europa befinden.

Und bis wir herausfinden, wenn das überhaupt möglich ist, ob sie vielleicht von Paris, Amsterdam, Wien oder von wo auch immer Europa per Flugzeug verlassen haben, können Wochen oder Monate vergehen. Dann wird es sehr schwierig, ihre Fährte aufzunehmen.

Sollten sie vom PKW im Inland auf die Bahn umgestiegen sein oder von einem deutschen Flughafen aus geflohen sein, ist die Wahrscheinlichkeit schon erheblich größer, eine Spur zu finden."

„Was haben Sie bisher unternommen?" fragte Schütte weiter.

„Zunächst einmal haben wir eine Anfrage bei der Bahn gestartet. Anschließend alle inländischen Flughäfen kontaktiert. Da werden zurzeit alle Passagierlisten durchleuchtet."

„Na, dann warten wir mal ab", meinte Schütte und legte grübelnd die Füße auf den Schreibtisch.

Gegen Dreizehn Uhr kam Schuster gelaufen. Außer Atem hielt er Schütte ein Fax vor die Nase.

„Hier", keuchte er „wir haben eine Spur."

Schütte las das Fax.

„Gestern sind die beiden also um 11:15 Uhr mit Airberlin von Köln/Bonn nach Sevilla geflogen. Hervorragend, Schuster. Aber, … große Mühe, unerkannt zu entkommen geben sich die beiden offenbar nicht.

Sei´s drum. Wir müssen unverzüglich unsere Kollegen in Sevilla einschalten. Schuster übernehmen Sie das. Ich will wissen, wann sie angekommen sind, wohin sie sich dann begeben haben, wo sie sich im Moment aufhalten, und so weiter."

„Jawohl, Chef", sagte Schuster, einerseits stolz, dass seine Recherchen erfolgreich waren, andererseits ein wenig verärgert, dass er natürlich wieder einmal die ganze Arbeit machen musste.

In dem Moment klingelte das Telefon am Arbeitsplatz von Schuster.

„Schuster, Mordkommission", meldete er sich.

„Ja, Augenblick, ich verbinde", sagte er und leitete das Gespräch weiter an den Anschluss von Schütte.

„Wer ist es denn?" fragte Schütte.

„Bundesnachrichtendienst", sagte Schuster.

„Bundesnachrichtendienst?" fragte Schütte ungläubig und hob ab.

KAPITEL 15

Freitag, 31. Juli

Beim Anflug auf Stuttgart hatten sie einen wunderbaren Ausblick über den Schwarzwald, der in der Vormittagssonne des schönen Julitages dunkelgrün schimmerte.

Die Maschine der Airberlin landete pünktlich um 11:10 Uhr in Stuttgart. Da Schlömer und Wimmer nur noch mit Handgepäck unterwegs waren, brauchten sie nicht mehr zur Gepäckausgabe sondern konnten sich sofort um ein Mietfahrzeug kümmern.

Da am Schalter von AVIS gerade kein Kunde stand, entschieden sie sich, dort ein Fahrzeug zu mieten. Sie wurden auch sofort bedient. Sie wählten einen Ford C-MAX, füllten alle Unterlagen aus und gaben ihre Kreditkartennummer an.

Sie fragten den Mitarbeiter von AVIS, ob er den schnellsten Weg nach Pirmasens wüsste. Bereitwillig gab er ihnen Auskunft und händigte ihnen noch eine Straßenkarte Deutschland-Süd aus. Sie bedankten sich und gingen zurück in das Flughafengebäude.

Mittlerweile war es kurz nach 12:00 Uhr und sie beschlossen, eine Kleinigkeit zu essen.

Während sie aßen, schauten sie sich die zu fahrende Route an.

„Hier", sagte Wimmer, „auf die B27, dann A8, bei Karlsruhe auf die B10, anschließend A65, dann wieder B10, ... hm, das dürften insgesamt so um die 160 km sein."

„Kurz vor Eins", sagte Schlömer, auf ihre Uhr schauend. „Wenn wir Glück haben, sind wir kurz nach drei Uhr in Pirmasens."

Auf der A8 herrschte zum Glück nicht sehr viel Verkehr und sie kamen ohne zähfließenden Verkehr und Stau gut voran.

„Ich habe gerade mal überlegt", begann Schlömer.

„Und was?" wollte Wimmer wissen.

„Wir haben uns mit Dr. Kramer über Raumenergie unterhalten, über kalte Fusion und so. Und was das für ein Segen für die Menschheit ist, wenn wir auf eine solche Energiequelle zurückgreifen können."

„Ja", meinte Wimmer. „Problematisch an der Sache war wohl nur, dass die gutverdienenden Öl- und Gas Lobbys das zurzeit weniger gut finden werden."

„Ja, ja", sagte Schlömer. „Aber woran wir bisher noch gar nicht gedacht haben ist: Was ist, wenn es nicht um Energieversorgung und gekränkte Lobbyisten geht, sondern darum, dass diese Energiequelle Verbrechern in die Hände fällt, Terroristen vielleicht. Sie hätten eine Waffe in der Hand, gegen die es heute noch überhaupt keine Schutz- oder Abwehrmöglich-keit gibt."

„Nicht nur, dass man sich dagegen nicht wehren kann, die Waffe als solche wäre der Politik und der Verteidigung überhaupt noch nicht bekannt."

„Nicht auszumalen, was da auf uns zukommen könn-te", sagte Schlömer nachdenklich.

Zehn Minuten später meinte Wimmer: „Nach den Überlegungen von eben fühle ich mich im Moment mal wieder nicht so richtig wohl in meiner Haut. Jetzt habe ich schon das Gefühl, dass wir verfolgt werden."

„Wieso denn das?" wollte Schlömer wissen.

„Da, hinter uns, der dunkle Peugeot, der fährt schon kilometerweit hinter uns her."

Schlömer drehte sich um und sah das Fahrzeug, das mit größerem Abstand hinter ihnen herfuhr. Sie konn-te erkennen, dass zwei Männer vorne im Fahrzeug saßen.

„Dann gib mal Gas und schaffe ein bisschen Abstand zwischen uns und unseren Verfolgern", sagte Schlö-mer lächelnd. „Wenn du mich fragst, fahren die ein-fach nur in dieselbe Richtung wie wir, und das soll auf einer Autobahn schon einmal vorkommen."

Wimmer beschleunigte auf einhundertfünfzig, einhun-dertsechzig Stundenkilometer, wechselte auf die Überholspur und überholte mit nunmehr einhundert-siebzig Stundenkilometer eine ganze Reihe von Fahr-zeugen.

„Was habe ich dir gesagt?" sagte Wimmer. „Der fährt exakt mit gleicher Geschwindigkeit hinter uns her."

„Tatsächlich", sagte Schlömer, „aber noch glaube ich an Zufall. Dann fahre jetzt mal rüber auf die rechte Spur und gehe runter auf einhundert."

Wimmer tat, was Schlömer vorgeschlagen hatte. Der nachfolgende Wagen blieb hinter den beiden.

„Das war eindeutig", meinte Schlömer. „Wir müssen versuchen, ihn abzuhängen. Schnell links raus und so schnell es geht abhauen", sagte sie, nun schon deutlich aufgeregter.

Der dunkle Peugeot folgte, verringerte jetzt aber den Abstand.

„Die werden erkannt haben, dass wir gemerkt haben, dass sie uns verfolgen."

Wimmer raste ein Stück auf der linken Spur mit einhundertachtzig Stundenkilometern. Als keine Fahrzeuge mehr vor ihm fuhren wechselte er wieder auf die rechte Spur. Der dunkle Peugeot holte auf und setzte zum Überholen an.

Dann fuhr der Verfolger parallel zu Schlömer und Wimmer. Das Beifahrerfenster fuhr herunter. Wimmer musste sich auf die Straße konzentrieren aber Schlömer sah, wie der Beifahrer des Verfolgerfahrzeugs eine Waffe hob und auf sie zielte. Schlömer krallte instinktiv ihre Finger in das Sitzpolster.

Genau in dem Moment hatten sie fast einen vor ihnen herfahrenden LKW erreicht, dem sie nun ausweichen mussten. Der LKW kam ziemlich schnell näher. Vor ihnen der LKW, links der Verfolger mit Waffe im Anschlag. Wimmer riss das Lenkrad nach rechts und fuhr über dem Standstreifen am LKW vorbei. Sein Herz raste. Hinter dem LKW bog er schnell wieder nach links auf die rechte Fahrspur. Das Verfolgerfahrzeug setzte sich wieder links daneben. Dann im letzten Moment schrie Schlömer:

„Da, Ausfahrt Heimsheim, schnell von der Autobahn runter!"

„Das ist zu knapp, ich bin zu schnell!" rief Wimmer, riss das Lenkrad nach rechts und fuhr mit quietschenden Reifen in die Ausfahrt. Schlömer hielt sich mit beiden Händen am Sitz und am Handgriff ihrer Türe fest.

„Das geht nicht gut, das geht nicht gut...", dachte sie.

Der Verfolger versuchte, das halsbrecherische Manöver nachzumachen. Er schoss über die rechte Spur in die Ausfahrt, hatte aber dadurch mit höheren Fliehkräften zu kämpfen. Das Fahrzeug schlingerte, brach hinten aus und es sah aus, als würde der Fahrer die Gewalt über sein Fahrzeug verlieren. In der nächsten Kurve der Autobahnausfahrt, die halblinks verlief, waren die enormen Kräfte dann zu groß. Der Peugeot schlingerte von links nach rechts und überschlug sich. Er drehte sich mehrmals über die Längsachse, durchbrach die Seitenplanke und stürzte die Böschung hinab.

Wimmer machte eine Vollbremsung und bekam das Fahrzeug gerade noch am Ende der Ausfahrt zum Stehen.

Schweißperlen standen beiden auf der Stirn.

Wimmer sagte: „Es scheint so, als wüsste man in bestimmten Kreisen, dass wir auf dem Weg nach Pirmasens sind."

„Das ist der zweite Mordanschlag auf uns innerhalb von zwei Tagen", sagte Schlömer, der nun die Tränen herunterliefen.

Nach ein paar Sekunden, die beide brauchten, um den Schrecken zu verarbeiten wendete Wimmer und fuhr wieder auf die Auffahrt zur A8 in Richtung Karlsruhe.

„Ob die beiden Verfolger tot sind?" fragte Schlömer.

„Ich will es gar nicht wissen", sagte Wimmer, der nun von Ehrgeiz und Zorn gepackt war.

„Auf jeden Fall", fuhr er fort „haben wir jetzt einen größeren Vorsprung vor unseren Gegnern und ich bin mir mittlerweile sehr, sehr sicher, dass wir auf der richtigen Spur sind, etwas Gewaltiges aufzudecken."

Nach einer Weile fragte Schlömer: „Sebastian, glaubst du eigentlich an Gott?"

Sebastian Wimmer war ein wenig überrascht über die Frage und meinte: „So, so, du stellst mir also die Gretchenfrage."

„Die Gretchenfrage?", fragte Schlömer.

„Ja, die Gretchenfrage. Margarete, genannt Gretchen fragt Dr. Faust auch: „Nun sag, wie hast du's mit der Religion?" Sie wollte mit der Frage herausfinden, ob Dr. Faust ehrliche und moralisch einwandfreie Absichten bei ihr hegt."

„Nein, so war das nicht gemeint", sagte Schlömer. „Ich wollte einfach nur wissen, ob du an Gott glaubst."

„An welchen denn?"

„Wie, an welchen denn?", fragte Schlömer erneut irritiert.

„Ja, an welchen denn? An welchen Gott soll ich glauben? An Zeus, Jupiter, Odin, Thor, Ra? An den eifersüchtigen, rachsüchtigen und brutalen Gott des Alten Testaments, an den lieben Gott des neuen Testaments, an Manitou, oder...?"

„Ja, äh", unterbrach ihn Schlömer ein wenig stammelnd. „bei der Frage dachte ich eigentlich an den christlichen Gott. Aber du hast Recht. Mir war es zu selbstverständlich, dass es der christliche Gott sein muss, nach dem ich fragte.

Dabei gibt es in jeder Kultur und in etlichen Kulturepochen so viele verschiedene Götter. Vermutlich hat in den Köpfen der Menschen jeder einzelne davon seine Berechtigung gehabt, ... mehr oder weniger."

„Anlass deiner Frage war sicherlich die Situation gerade vorhin. Es ist nämlich typisch menschlich, dass Unerklärbares, Unsicherheit und Angst häufig in die

Religion und zu einem wie auch immer gearteten Gott führen.

Dieser Gott oder diese Gottheit ist dann immer die Erklärung, der Tröster oder der Rettungsanker. So scheint das nun mal mit den Religionen zu sein."

„Vermutlich", meinte Schlömer, „Und du glaubst nicht an einen Gott?"

„Also von mir aus kann jeder Mensch glauben an was er will, solange es ihm hilft. Und unabhängig von jeder Religion ist für meine Begriffe jeder Mensch ein guter Mensch, wenn er nur ein paar Grundtugenden in seinem Leben beachtet. Dann kann er meinetwegen glauben, was er will."

„Welche Tugenden denn zum Beispiel?"

„Na, zum Beispiel Anstand, Ehrlichkeit, Gewissenhaftigkeit, Höflichkeit, Fleiß, Nachsicht, Güte, … die Grundtugenden unserer Gesellschaft halt. Wer diese Tugenden beachtet ist in meinen Augen auf dem richtigen Weg."

„Ja, das stimmt wohl. Selbst Sauberkeit, Pünktlichkeit und Verlässlichkeit könnte man in den Reigen der Grundtugenden mit aufnehmen.

Die großen Weltreligion unterscheiden sich zwar in vielen Dingen teils erheblich voneinander, aber den Grundtugenden, die dazu führen, ein anständiges Leben zu leben, widerspricht keine einzige."

„Genau", sagte Wimmer.

„Und wenn ich mir dann wieder vorstelle", führte Schlömer die Überlegungen fort, „dass die christlichen Menschen noch vor einigen hundert Jahren glaubten, sie seien der Mittelpunkt der Schöpfung, mit einem Gott, der sie geschaffen hat. Erst nach Kopernikus und Kepler hat man feststellen müssen, dass wir nur eine Spezies auf einem kleinen Planeten sind, um den sich nicht der gesamte Himmel bewegt, sondern der selber seine regelmäßige Bahn um die Sonne zieht."

„Das war der Übergang vom anthropozentrischen hin zum heliozentrischen Weltbild", ergänzte Wimmer. „Und heute wissen wir, das heliozentrisch auch so nicht richtig ist. Nach heutigen Erkenntnissen gibt es Milliarden von Galaxien. In diesen Galaxien gibt es jeweils Milliarden von Sonnen. Und von den Milliarden von Sonnen haben wiederum einige Milliarden vermutlich Planetensysteme, von denen eine bestimmte Anzahl vermutlich Leben in der einen oder anderen Form hervorgebracht hat.

Wir sind glücklicherweise mit einem Gehirn ausgestattet, welches uns Bewusstsein und Sinnfragen ermöglicht. Ob das für jeden ein Glück ist, lasse ich jetzt einmal dahingestellt.

Aber wir sollen auf einem winzigen Planeten, der eine mehr oder weniger durchschnittliche Sonne in einem Nebenarm der Milchstraße, einer mehr oder weniger durchschnittlichen Galaxis, umkreist, eine ganz besondere Stellung für irgendeine Gottheit einnehmen? Diese Einstellung kommt mir doch recht eingebildet und arrogant vor."

„Ob es überhaupt irgendwo anders Leben gibt?", fragte Schlömer weiter.

„Ich habe damals den Film „Contact" mit Jodie Foster gesehen", fuhr sie fort.

„Ich weiß nicht mehr, wie der Charakter hieß, den sie spielte, aber ihr Vater im Film sagte: ‚Wenn wir die Einzigen im Universum sein sollten, wäre das eine ziemliche Platzverschwendung'. Der Satz hat mich fasziniert."

„In der Tat", pflichtete Wimmer bei. „ich glaube das ist ein sehr kluger Satz".

Nach einer kurzen Pause sagte er: „Um die Frage, ob es überhaupt irgendwo anders Leben gibt, zu beantworten, muss man sich zunächst Gedanken darüber machen, was „Leben" ist.

Wir definieren Leben normalerweise so, dass ein Stoff- und Energieaustausch mit der Umwelt stattfinden muss. Fortpflanzung und Wachstum sind weitere notwendige Kriterien. Die Frage ist, ob das nicht alles ein wenig zu eng betrachtet ist."

„Mir fällt dann immer die kleine Amöbe ein", sagte Schlömer.

„Welche Amöbe?", fragte Wimmer.

„Nun", erläuterte Schlömer. „Ich stelle mir immer eine kleine Amöbe vor, die zufällig, ganz im Gegensatz zu ihren Artgenossen, über ein bestimmtes Bewusstsein und einen erstaunlich guten Geist verfügt.

Wenn sich nun diese kleine Amöbe mit ihrem beschränkten Erkenntnisapparat, sie hat ja zum Beispiel keine richtigen Augen oder Ohren, philosophische Gedanken über sich und ihre Umwelt machen würde, käme sie vermutlich zu dem Schluss, dass Leben nur sein kann, was zumindest ansatzweise einer Amöbe ähnelt. Vielzeller, große Pflanzen und Tiere würden ihr und ihrem Vorstellungsvermögen naturgemäß völlig verborgen bleiben.

Und wenn sie dann auch noch zufällig ihr kurzes Leben auf dem Wellenkamm in einem kleinen Tümpel fristen würde, käme sie vermutlich zu der Überzeugung, dass das gesamte Universum, wenn sie es denn so nennen würde, aussieht, wie eine kleine Anhäufung von Wasser, von der es nach allen Seiten bergab geht. Mehr könnte sie ja auch gar nicht erfassen."

„Ein schönes Beispiel.", staunte Wimmer, „Unser Erkenntnisapparat ist ja leider auch sehr beschränkt. Wir sind nur in der Lage, in einem relativ kleinen Wellenspektrum, eben dem für uns sichtbaren, etwas zu sehen. Alle Wellenlängen, die außerhalb liegen, z. B. Infrarot und Ultraviolett bleiben unseren Augen schon einmal völlig verborgen.

Und unsere Ohren können ein noch viel kleineres Wellenspektrum wahrnehmen. Schon eine Hundepfeife oder die Geräusche einer Fledermaus bleiben uns völlig verborgen. Dabei ist das gesamte existierende Wellenspektrum um ein Vielfaches größer."

„Das stimmt", fuhr Schlömer fort. „Jetzt sind wir zwar technisch in der Lage, mit Hilfe von Maschinen und

Apparaturen auch Dinge wahrzunehmen, die unseren originären Sinnesorganen verborgen bleiben, dennoch sind wir Kinder der Evolution. Das heißt, dass das, was zum Überleben und zur Fortpflanzung in unserer ökologischen Nische von Vorteil war, sich durchgesetzt hat. Für Erkenntnisse außerhalb dieser ökologischen Nische sind wir eigentlich nicht gebaut.

Alles, was nicht zum Überleben und zur Fortpflanzung in dieser ökologischen Nische erforderlich ist, wird in der Evolution wegrationalisiert, weil es nur unnötig Energie verbraucht. Und die Natur ist sparsam!

Sich Unendlichkeit oder eine fünfte, sechste, meinetwegen zwölfte Dimension, zusätzlich zu den uns bekannten vier Dimensionen vorzustellen, ist für uns unmöglich. So intelligent wir sein mögen, das Undenkbare ist für uns, gegeben durch unseren evolutionsbedingten biologischen Rahmen, eben nicht denkbar. Wir können zwar mathematisch mit vielen Dimensionen umgehen, über Umkehrung von Zeit theoretisieren, aber vorstellen können wir es uns nicht."

„Die heutige Physik kennt Materie, Energie und Wellen.", sagte Wimmer. „Wobei Materie sich in Energie umwandeln lässt und in der Quantenphysik nicht feststeht, ob die elementarsten Bestandteile eher Teilchen oder Wellen sind. Ob es außerhalb dieses im Grunde genommen wieder einengenden Theorieraumes noch etwas Übergeordnetes, Ganzheitliches, alles Verbindendes gibt, bleibt uns bisher verborgen."

„Genau das war auf einer etwas niedrigeren Ebene auch das Problem der Amöbe", ergänzte Wimmer. „Was heißt nun also Leben?"

„Auf der Erde existiert Leben, genauso wie wir es kennen", griff Schlömer den Gedanken wieder auf. „Genau genommen existiert ja nur eine einzige Form von Leben."

„Wieso nur ein eine einzige Form von Leben?"

„Wissenschaftler streiten ja immer noch, wie dieses uns bekannte Leben entstanden ist. Ist es aus der „Ursuppe" entstanden, wo sich zufällig chemische Elemente zu Aminosäuren fanden und sich plötzlich überlegten, mit ihrer Umwelt zu interagieren, Stoffwechsel zu betreiben und sich zu vermehren? Oder sind wir von „Außerirdischen" mit Leben infiziert worden? Das verlagert die Frage nur auf die Außerirdischen: Wie ist denn dort das Leben entstanden?

Jedenfalls gibt es auf der Erde nur eine einzige Form von Leben. Egal, ob Einzeller, Pflanze, Tier, Bakterium, Pilz oder Mensch: Grundlage ist immer die DNS. Kein Lebewesen auf der Erde kommt ohne DNS aus. Alles Leben auf der Erde geht zurück auf die Ur-DNS. Daher sind ja auch alle Lebewesen, selbst du und eine Banane, wenn auch sehr entfernt, miteinander verwandt."

„Mit einer Banane?", wiederholte Wimmer ein wenig ungläubig.

„Ja, mit einer Banane", fuhr Schlömer fort. „Auch die Banane hat DNS, und damit verbunden Nahrungsaufnahme, Stoffwechselprozess, Wachstum und Vermehrung. Genau genommen hast du sogar annähernd 40 % deiner DNS mit einer Banane gemeinsam."

„40 %?", staunte Wimmer. „Na ja, wenn man bedenkt, dass unsere Gene zu annähernd 99 % mit denen eines Schimpansen übereinstimmen, wundert mich da eigentlich gar nichts mehr."

„Und es ist in den Jahrmilliarden, seitdem die Erde existiert nie eine zweite Art von Leben entstanden", ergänzte Wimmer.

„Das heißt, vielleicht ist es schon entstanden, wir können es vielleicht nur nicht wahrnehmen, weil unsere Vorstellungskraft nur Leben erkennt, welches dem unseren und damit unserer Definition von Leben entspricht. Genau das war auch das Problem der kleinen Amöbe", sagte Schlömer.

Es trat eine kurze Pause ein, in denen die beiden das eben gesagte auf sich wirken ließen.

„Um noch einmal auf die Götterfrage zurückzukommen", meinte Wimmer schließlich. „Ich mache mir keine großen Sorgen, nicht an einen der gerade aktuellen Götter zu glauben, solange ich ein anständiges Leben führe", fuhr Wimmer fort.

„Wieso?"

„Irgendwann einmal wird mein letztes Stündlein schlagen, dann werde ich sterben. Und zu diesem Zeitpunkt möchte ich mit mir und meinem gelebten Leben komplett im Reinen sein, ruhigen Gewissens sterben können.

Ich möchte rückblickend von mir selber sagen können: „Du hast nichts, oder zumindest nicht viel Falsches getan."

Sollte es nach dem Tod tatsächlich weitergehen und sollte es tatsächlich Götter geben, was ich nicht glaube, dann könnte es sein, dass ich zum Beispiel dem rachsüchtigen und eifersüchtigen Gott des Alten Testaments gegenüberstehe. Dann hätte ich, wie Milliarden anderer Menschen eher schlechte Karten.

Sollte es der liebe Gott des neuen Testaments sein, kann es mir völlig egal sein, denn dessen Beruf ist ja geradezu, zu verzeihen und zu lieben.

Und wenn es irgendein anderer Gott sein sollte, nun ja, dann habe ich eh keine Ahnung davon, wie ich mich ein Leben lang besser hätte verhalten sollen."

„Vielleicht wirst du ja auch als Schlange wiedergeboren", lachte Schlömer und ergänzte: „Ich glaube aber, du hast Recht. Ich glaube auch, dass das Verfolgen einer anständigen Ethik besser ist als das blinde „Glauben" an irgendeine Religion".

KAPITEL 16

Die weitere Fahrt nach Pirmasens verlief ruhig. Lediglich durch Karlsruhe lief der Verkehr etwas stockend. Eine ganze Weile saßen Susanne Schlömer und Sebastian schweigend nebeneinander. Schlömer machte sich Sorgen. Wenn sie die letzten beiden Wochen rückblickend betrachtete, hatten sie schon einiges an Gefahren zu bestehen und sie wussten nicht, was noch auf sie zukommen würde. Dann machte sie sich Gedanken über ihre Gefühlswelt. Sebastian war ihr schon immer recht sympathisch gewesen und nun hatten sie unter diesen besonderen Umständen zueinander gefunden. Sie versuchte, das Ganze ein wenig zu sortieren und zu überdenken. Aber letztlich kam sie zu dem Schluss, dass sie in ihrer neuen Beziehung mit Sebastian glücklich war.

„Erstaunlich", dachte sie. „Jahrelang haben wir zusammen gearbeitet und jetzt bin ich an einem Punkt angekommen, wo ich Herzklopfen bekomme, wenn ich an ihn denke." Unweigerlich fiel ihr das Lied „Tausend mal berührt, tausend Mal ist nichts passiert" ein.

Auch Sebastian machte sich seine Gedanken über die Beziehung mit Susanne. „Vielleicht hätte man sich auch viel früher schon näher kommen können", dachte er. Gemocht hatte er sie schon immer, aber ihre Art und ihre Attraktivität waren ihm nie so bewusst geworden wie heute. Beeindruckt hatte sie ihn zudem, dass sie sich mit ihm in dieses Abenteuer stürzte, ohne zu ängstlich oder in gefährlichen Situationen gar panisch zu sein. Im Gegenteil, sie zeigte sich als mutig und tapfer. Er hatte das Gefühl, nach langen Jahren wieder einmal richtig verliebt zu sein.

Sie erreichten Pirmasens. Schlömer sagte: „Wir sollten möglichst kleine Straßen wählen und vielleicht den ein oder anderen Umweg fahren. Ich weiß ja nicht, ob wir bereits erwartet werden. Dann möchte ich möglichst lange unentdeckt bleiben."

„Da ich Pirmasens überhaupt nicht kenne," lachte Wimmer „wird mir das mit den Umwegen vermutlich nicht sehr schwer fallen."

Er hielt an einer Tankstelle an und kaufte einen Stadtplan von Pirmasens. Die Chemischen Werke Pirmasens mussten ganz in der Nähe vom Gewerbegebiet Husterhöhe liegen.

Langsam näherten sie sich dem Gewerbegebiet. Die Chemischen Werke konnte man nicht übersehen. Mit ihren Gebäuden, Türmen und Schloten überragten sie die umgebenden Unternehmen bei Weitem. Mehrere Straßen von der Fabrik entfernt parkten sie das Fahrzeug und überlegten, wie sie, möglichst unbemerkt in die Fabrik eindringen könnten. Mittlerweile war es schon 16:10 Uhr.

„Ich glaube", sagte Schlömer „das ist zunächst einmal mein Job" und stieg aus dem Auto aus.

Wimmer wusste nicht, was sie damit meinte, aber er stieg ebenfalls aus, folgte ihr und nahm dabei seine Tasche mit.

147

Sie gingen ein paar Straßen auf die Fabrik zu, bis sie an Tor 4 ankamen. Vor Tor 4 war ein großer Platz, auf dem mehrere große LKW standen, die offenbar Chemikalien und Rohstoffe anlieferten.

Schlömer wartete, bis ein jüngerer Mann aus Tor 4 heraustrat.

„Bleibe du hier", sagte sie zu Wimmer und ging auf den Mann zu.

„Entschuldigung", sprach sie den Mann an. „Könnten Sie mir vielleicht helfen?"

„Vielleicht", antwortete der Mann.

„Ich habe mich bei den Chemischen Werken Pirmasens beworben. Sie wissen schon, für eine Stelle im Sekretariat. Und, na ja, ich bin ein wenig unsicher…"

„Und womit kann ich Ihnen helfen?" fragte der junge Mann.

„Also am Montag habe ich ein Vorstellungsgespräch bei Herrn Dr. Fricke. Können Sie mir sagen, ob ich da hier richtig bin? Auf der Einladung stand nichts weiter drauf."

„Nein", lachte der junge Mann „da sind Sie hier ein wenig falsch. Hier ist Tor 4, hier werden nur Rohstoffe angeliefert. Dr. Fricke, das ist doch der aus der Forschungs- und Entwicklungsabteilung, oder?" fragte er.

„Ja, genau der. Da soll ich am Montag hin."

„Da müssen Sie dann zum Tor 2, das ist etwa fünfhundert Meter weiter links. Können Sie gar nicht verfehlen. Da ist auch eine große Pförtnerloge. Und wenn Sie da rein gehen sehen Sie auf der linken Seite ein riesiges Gebäude, von hier aus sehen sie den großen Schornstein. Im Bürotrakt vor diesem Gebäude, da finden Sie dann Dr. Fricke. Aber vermutlich wird er sie ohnehin abholen lassen. Ich denke, das ist so üblich."

„Ja, danke", sagte Schlömer „da haben Sie mir schon sehr geholfen. Aber eine Frage habe ich da noch."

„Wenn ich sie beantworten kann", sagte der junge Mann.

„Was passiert denn in dem großen Gebäude, also, das mit dem Schornstein? Wäre ja peinlich, wenn die mich am Montag fragen, und ich habe dann keine Ahnung, was da abgeht."

„Was die da genau machen weiß ich auch nicht. Ich weiß nur, dass die Halle riesig ist und alles darin Top-Secret ist. Wir nennen es oft „Hexenküche"..., und irgendwann landen die dadrin wieder den großen Coup und haben ein neues Produkt."

„Vielen Dank, Sie haben mir schon sehr geholfen."

„Kein Problem, und... viel Erfolg am Montag."

„Ja, Danke", beendete Schlömer das Gespräch.

Zurück zu Wimmer in der Nebenstraße sagte sie mit Stolz in der Stimme: „Was habe ich gesagt, das war ein Job für mich. Ich weiß jetzt, wo wir hin müssen. Tor 2, in dem Bürogebäude links ist Dr. Frickes Büro und in dem großen Gebäude unmittelbar dahinter, mit dem großen Schornstein befindet sich seine Hexenküche", sagte sie.

„Hexenküche?" fragte Wimmer.

„Ja, da staunst du, was ich nicht alles weiß", lachte sie.

„Aber wie kommen wir jetzt da rein?" fragte sie.

„Das habe ich mir in der Zwischenzeit überlegt", sagte Wimmer.

„Und wie?"

„Na, nichts leichter als das! Wir werden einen LKW kapern."

„Ich glaube, jetzt ist nicht die Zeit für Scherze. Du kannst so ein Ding doch gar nicht fahren."

„Kann ich auch nicht. Werde ich auch nicht. Und ein Scherz sollte das auch nicht sein."

„Dann kläre mich mal auf", sagte Schlömer.

„In der Zeit, in der du mit dem jungen Mann geflirtet hast", sagte er grinsend „habe ich da drüben das Schild gelesen: Warenannahme bis 16:45 Uhr. Es ist jetzt 16:20 Uhr und hier stehen noch drei LKW vor dem Tor. Die werden bis 16:45 Uhr, höchstens ein wenig später noch in die Fabrik rein müssen."

„Ja und dann?" fragte Schlömer.

„Ich habe gesehen, dass der Pförtner dem letzten LKW-Fahrer zu gewunken hat. Dann ging der Fahrer mit seinen Papieren zum Pförtner und ein paar Minuten später kam er mit den Papieren wieder und durfte die Schranke passieren."

„Du willst doch nicht etwa..."

„Doch genau das will ich. Sobald einer der Fahrer heran gewunken wird, müssen wir unauffällig in den LKW gelangen und dann mit ins Werk fahren."

„Und du glaubst, das merkt keiner?"

„Kommt drauf an, wie wir uns anstellen", sagte Wimmer.

Sie warteten. Nach einigen Minuten wurde ein LKW-Fahrer heran gewunken. Er öffnete die Fahrertür, kletterte hinaus und ging zum Pförtner.

„Jetzt?" fragte Schlömer und ihr wurden die Knie ganz weich.

„Nein, jetzt noch nicht", sagte Wimmer. „Der Fahrer des LKW, links daneben kann zu gut einsehen. Und die Pförtner auch. Das wäre zu riskant."

Der Fahrer kam mit den Papieren zurück und wurde in die Fabrik gelassen.

Wieder ein paar Minuten später wurde dem Fahrer des LKW links von ihnen zu gewunken. Er stieg ebenfalls aus und ging die Strecke zu den Pförtnern.

„Jetzt!", sagte Wimmer.

„Weißt du, was du da tust?" fragte Schlömer besorgt.

„Los!", zischte er und sie huschten um das Heck des LKW herum. Der Fahrer meinte es gut mit ihnen. Er hatte sogar die Fahrertür offen stehen gelassen.

Wimmer kletterte die steilen Stufen hinauf und half Schlömer beim Einstieg.

„Und jetzt?" fragte sie sichtlich nervös. „Und jetzt?"

„Das ist ein Vierzigtonner. Die haben hinter dem Fahrersitz immer eine Schlafkoje. Glaube ich jedenfalls… Da ist sie. Schnell rein."

Schlömer kroch in die Schlafkoje, die wie sie sofort bemerkte, ziemlich unangenehm roch.

„Schnell, ich glaube er kommt schon zurück" mahnte Wimmer und kroch hinterher. Sie zogen den Vorhang wieder vor die Koje und lagen nun eng hintereinander aneinandergeschmiegt in der dunklen, muffigen Schlafkoje.

„Unter anderen Umständen könnte ich das jetzt hier sogar genießen", flüsterte Wimmer.

„Psst", mahnte Schlömer.

In diesem Moment hörten sie, wie der Fahrer an der LKW-Tür ankam und pfeifend den Fahrersitz bestieg. Und dann passierte es.

Der LKW-Fahrer beugte sich nach hinten und griff hinterrücks zum Vorhang, zog ihn ein wenig zur Seite und griff in die Schlafkoje. Schlömer blieb fast das Herz stehen.

Er tastete links und rechts, berührte beinahe ihr Bein und fand dann zum Glück wonach er gesucht hatte, seine Thermoskanne. Er nahm sie zu sich nach vorne und schloss den Vorhang wieder.

Wimmer fühlte Schlömers Herz pochen. Auch er hatte vermutlich einen Pulsschlag von über 160.

Der Fahrer trank noch einen Schluck Kaffee, stellte die Thermoskanne dann aber zum Glück vorne ab, startete den LKW und fuhr los.

So fuhren sie eine kurze Weile, bis der LKW anhielt und der Fahrer ausstieg.

Wimmer schob den Vorhang vorsichtig beiseite und schaute aus dem Fenster. Der Fahrer ging mit den Papieren nach rechts und bog nach ungefähr 50 Metern wieder nach rechts hinter eine Halle.

„Schnell", flüsterte Wimmer und verließ zügig, aber nicht hektisch das Fahrerhaus. Schlömer folgte ihm, ziemlich bleich im Gesicht.

Sie gingen, so unauffällig wie möglich, nach links zu einem Gang, der zwischen zwei Hallen führte. Hier gab es keine Türen oder Fenster. So hielten Sie nach ein paar Metern an und verschnauften erst einmal und überlegten, was nun zu tun sei.

„Wir müssen die Halle mit dem Schornstein finden. Im LKW haben wir komplett die Orientierung verloren", sagte Wimmer.

„Am Ende des Ganges scheint ein größerer Platz zu sein", meinte Schlömer. „Da müssen wir hin. Vermutlich kann man von da aus den Schornstein sehen, und dann haben wir natürlich auch das Gebäude."

Sie gingen an das Ende des Ganges und konnten tatsächlich den Schornstein entdecken. Es schien aber noch ein weiter Weg dahin zu sein.

Jetzt öffnete Wimmer seine Tasche und entnahm ein elektronisches Gerät.
„Du hast tatsächlich dein „elektronisches Spielzeug" mitgenommen?" fragte Schlömer ein wenig verwirrt.

„Ja, allerdings. Und jetzt wirst du sehen, wozu das gut ist. Also, um es kurz zu machen: Dies ist ein WCS99 X2, ein Video-Kamera-Scanner mit 2,5 Zoll TFT Farbmonitor. Damit kann ich alle Kanäle, die für drahtlose Funk-Kameras Verwendung finden, empfangen. Selbst Kameras, die außerhalb der Norm bis zu 2700 MHz senden, kann ich hiermit empfangen. Das Gerät wird meistens für Servicezwecke benutzt, zum Auffinden oder Überwachen von drahtlosen Kameras."

„Und wozu besitzt du so ein Ding?" fragte Schlömer.

„Also, eigentlich habe ich mir das Gerät mal gekauft, um festzustellen, wo und wann ich eventuell beobachtet werde", sagte er ein wenig unsicher.

„Wo und wann du beobachtet wirst?" fragte Schlömer.

„Ja, die WLAN-Technik und der Umgang mit Funkkameras wird einem ja immer einfacher gemacht. Man braucht kaum noch Sachverstand um eine solche Kamera, häufig nur ein paar Millimeter groß zu installieren und zu betreiben. In Elektronik-Fachmärkten oder über das Internet sind solche Kameras für ein paar Euro zu haben. Sie können problemlos in Lampen, Rauchmeldern oder ähnlichem versteckt werden. Was früher High-Tech für Spione war ist heute für jedermann erschwinglich und machbar.

Und wenn ich zum Beispiel in einer Umkleidekabine oder in einem Hotelzimmer bin, bin ich mir gerne sicher, dass ich nicht gefilmt werde."

„Ist das denn schon einmal passiert?"

„Zweimal sogar. Einmal im Urlaub in der Türkei und einmal in Spanien. Ich habe mich dann jedes Mal sofort an den Reiseveranstalter und den Hotelmanager gewandt. Das war den betroffenen Personen ziemlich peinlich. Ich bekam dann jeweils ein neues Hotel und der Hotelmanager ziemlichen Ärger."

„Jetzt ist mir nicht mehr ganz wohl in meiner Haut. Wer weiß, wie oft ich schon gefilmt worden bin, und in welchen Situationen?" fragte Schlömer sich.

Wimmer schaltete das Gerät ein und stellte auf Auto-Scan. Man sah, wie das Gerät die Frequenzen von 900 bis 2700 MHz untersuchte. Und tatsächlich wurden drei Kameras gefunden. Auf dem Monitor erschienen die Kamerabilder. Zwei Kameras befanden sich offenbar in Hallen in der Nähe und eine überwachte einen Weg vor einem Gebäude.

„Ist ja Wahnsinn", staunte Schlömer.

„Und ich bin froh, dass wir uns im Moment nicht auf diesem Monitor sehen können."

KAPITEL 17

Ganz vorsichtig tasteten sich Wimmer und Schlömer von Halle zu Halle, von Gebäude zu Gebäude. Immer horchend, ob jemand in der Nähe ist. Dabei versuchten sie, sich immer an dem hohen Schornstein, der zum Gebäude von Dr. Fricke gehörte zu orientieren.

Die Gebäude waren fast ausschließlich Backsteinbauten, wohl aus den fünfziger Jahren des letzten Jahrhunderts. Sie waren allesamt recht groß und zwischen ihnen verliefen Verkehrswege für Fahrzeuge. Hin und wieder kamen sie an Türen vorbei, die in die Gebäude führten. Schiebetüren und Rolltore ließen auch zu, dass Gabelstapler und LKW die Hallen befahren konnten. Sie konnten nur ahnen, was sich hinter den Mauern verbarg. Vermutlich handelte es sich um Vorratsspeicher und Lagerhallen, denn aus dem Inneren der Gebäude konnten sie kaum Geräusche vernehmen. Würde produziert, hätten sie vermutlich den Lärm der Maschinen und Anlagen gehört.

An jeder Ecke eines Gebäudes stellte Wimmer den Video-Kamera-Scanner an und scannte alle Frequenzen durch. Ab und zu erschien ein Bild, das von einer Überwachungskamera aufgezeichnet wurde.

Am Ende der Halle, an der sie sich im Moment befanden erschien deutlich das Bild der gegenüberliegenden Halle mit der Aufschrift „53B" auf dem Monitor. Daraufhin entschieden sie sich, die Halle auf einem anderen Weg zu umgehen. Da sie sich nur ganz langsam und vorsichtig bewegen durften, hatten sie das Gefühl, es würde eine Ewigkeit vergehen, bis sie das Gebäude der Forschungs- und Entwicklungsabteilung erreichen würden.

Mittlerweile war es bereits 17:20 Uhr und sie mussten noch ein ganzes Stück Weg zurücklegen. Sie kamen wieder an das Ende eines Gebäudes. Wimmer benutzte den Scanner, konnte aber kein Videosignal empfangen.

Dann hörten sie das Geräusch eines Fahrzeuges, das sich zügig näherte. Schlömer lugte vorsichtig um die Ecke und sah, wie ein Gabelstapler genau auf sie zu fuhr. Schnell liefen sie ein paar Meter an der Gebäudemauer entlang, der Weg bis zum Ende des Gebäudes war aber zu lang.

Würde der Staplerfahrer sich überhaupt für sie interessieren, wenn er ihnen begegnete? Es könnte sein, dass er einfach gruß- und wortlos an ihnen vorbei fahren würde. Es könnte aber auch sein, dass er die beiden fragte, wo sie hin wollten, ob sie einen Besucherausweis hätten oder ähnliches. Dann würde die Situation eher ungemütlich.

Diesem Risiko wollten sie sich nicht aussetzen. Sie beschlossen, die Halle, an der sie gerade entlang liefen, durch die nächste Tür zu betreten, um aus dem Sichtfeld zu entkommen. Was aber würde sie hinter dieser Tür erwarten? Arbeitende Personen, Mitarbeiter des Unternehmens, die vermutlich genauso fragen könnten, warum sie sich hier unbefugt aufhalten. Da sie das Geräusch des Gabelstaplers näher kommen hörten, wurde ihnen die Entscheidung dadurch erleichtert. Sie erreichten die nächste Türe, öffneten sie und schauten kurz vorsichtig hinein. Die Halle schien leer zu sein. Bis auf ein paar größere Container befand sich nichts in der Halle. Also betraten sie die Halle.

Wimmer lehnte sich von innen an die Tür, um zu hören, ob der Gabelstapler sich näherte und, so hoffte er, vorbei fuhr. Das Geräusch kam tatsächlich näher. Und genau zehn Meter weiter hielt der Gabelstapler vor dem Rolltor dieser Halle an.

„Verdammt", flüsterte Wimmer, „der will hier rein."

„Wenn wir hier in der Halle entdeckt werden, ist die Situation noch unangenehmer", meinte Schlömer. „Was sollen wir dem denn sagen, was wir hier in der Halle machen?"

„Schnell!", rief Wimmer und lief auf den ersten Container in ihrer Nähe zu. Über die kleine Treppenleiter, die daneben stand, kletterte er schnell hinein. Der Container war ohne Abdeckung und gefüllt mit Styroporresten, vermutlich Verpackungsmaterial. Schlömer folgte ihm, obwohl ihr nicht ganz wohl dabei war.

„Glaubst du, das ist eine gute Idee?", fragte sie Wimmer und hockte sich neben ihn.

„Wir hatten doch nicht viel Zeit, uns etwas Anderes zu überlegen", sagte Wimmer leise.

Sie hörten, wie das Rolltor geöffnet wurde und der Gabelstapler in die Halle hineinfuhr. Das Geräusch wurde lauter, woraus die beiden schließen konnten, dass der Gabelstapler auf sie zu fuhr. Dann merkten sie, wie der Gabelstapler genau vor ihrem Container anhielt. Sie spürten deutlich, dass die Gabel des Fahrzeugs unter ihren Container geschoben wurde und sie anschließend angehoben wurden.

„Das glaube ich jetzt einfach nicht", seufzte Wimmer.

Schlömer war mit den Nerven am Ende. „Und was jetzt?", fragte sie.

„Psst, im Moment können wir gar nichts tun. Wir müssen abwarten, was passiert. Abwarten, wo man uns hinbringt. Jedenfalls kann ich jetzt nicht einfach aus dem Container steigen und dem Fahrer ein fröhliches „Hallo" zu rufen."

„Haben sie uns schon entdeckt und wissen, dass wir hier drin sind?" fragte Schlömer unsicher.

„Glaube ich nicht", sagte Wimmer und war ebenfalls äußerst angespannt.

Da der Container keine Abdeckung hatte, konnten sie nach oben sehen. Sie verließen, in dem Container hockend, auf den Zinken des Gabelstaplers, die Halle und befanden sich nun wieder auf dem Verkehrsweg zwischen den Hallen.

Die Situation war beiden sehr peinlich.

Der Staplerfahrer hielt kurz an, um das Rolltor zu schließen und fuhr dann zügig los. Der Container schaukelte und ruckelte gewaltig als das Fahrzeug sich zwischen den Gebäuden und Hallen bewegte. Der Fahrer legte auch keinen Wert darauf, besonders filigran zu fahren. Schließlich konnte er von seinen beiden Passagieren nichts ahnen.

Schlömer kämpfte mit den Tränen. Wimmer legte den Arm auf ihre Schulter und versuchte sie zu beruhigen. Aber auch er war alles andere als entspannt.

Nach einer gefühlten Ewigkeit hielt der Gabelstapler an und setzte den Container ab. Dann entfernte er sich. Als sie den Gabelstapler nicht mehr hören konnten, trauten sie sich, aus dem Container zu sehen, um sich zu orientieren. Es war niemand zu sehen und so kletterten sie zügig hinaus. Wimmer sprang zuerst hinunter und half Schlömer beim Aussteigen. Wimmer schaltete wieder den Scanner ein und hoffte, sie würden auch jetzt nicht im Bild erscheinen.

„Das glaube ich jetzt nicht", sagte Schlömer, während Wimmer noch mit dem Scanner beschäftigt war.

„Was denn?" fragte Wimmer.

„Siehst du da vorne das Gebäude?"

„Ja", sagte Wimmer, „ist das nicht…?"

„Doch, das ist es. Genau an dieser Stelle hier sind wir vor über einer halben Stunde aus dem LKW gestiegen."

„Du", meinte Wimmer, „ich habe da im Moment ein totales déjà vu", aber es war ihm nicht sehr nach Scherzen zumute.

„Und täglich grüßt das Murmeltier", sagte Schlömer.

„Wie?", fragte Wimmer.

„Kennst du den Film nicht? Und täglich grüßt das Murmeltier. In dem Film sitzt ein Mann in einer Zeitschleife fest. Er durchlebt immer wieder denselben Tag. Und so fühle ich mich im Moment auch."

„Und wieso Murmeltier?", wollte Wimmer wissen.

„Der Tag, in dem er festsaß war, glaube ich, der Tag des Murmeltiers, irgendwann im Februar."

„Und ist er aus der Zeitschleife wieder rausgekommen?", hakte Wimmer nach.

„Ja, aber das doch jetzt auch völlig egal", regte sie sich ein wenig auf, dass Wimmer sie jetzt und in dieser Situation fragte, wie es im Film weiterging.

KAPITEL 18

Wimmer half Schlömer, sich von den Styroporresten zu befreien, die im Container an ihr haften geblieben waren. Die kleinen Kügelchen waren statisch aufgeladen und nicht so einfach von der Kleidung und aus den Haaren zu entfernen.

„Ich glaube, dass wir bald auch mal eine anständige Dusche brauchen können", meinte Schlömer, denn schließlich hatte es in dem Container auch nicht sehr angenehm gerochen.

„Später", meinte Wimmer, „später, wenn wir wieder zurück in Aachen sind… wann auch immer das sein mag. Aber jetzt lass' uns keine Zeit verlieren. Wir haben durch den dämlichen Transport im Container schon genug Zeit verloren.

Zum Glück wissen wir jetzt, wo wir sind und wie wir am günstigsten zum Laborgebäude kommen."

Vorsichtig, aber deutlich schneller als zu Beginn schlichen sie nun zwischen den Hallen und Gebäuden Richtung Laborgebäude.

Sie standen nun unmittelbar vor dem Laborgebäude. Schlömer schaute auf ihre Uhr.

„17:55 Uhr", sagte sie. „Wenn das nicht pünktlich ist…"

„Mir wäre lieber gewesen, wir wären ein wenig früher hier gewesen", sagte Wimmer.

„Dann hätten wir uns noch ein wenig umsehen können. Jetzt sind wir schon ein wenig unter Zeitdruck."

„Als wenn Zeitdruck das Einzige wäre", meinte Schlömer. „Die gesamte Situation ist ziemlich bedrückend. Ich frage mich im Moment wieder, was wir hier eigentlich machen."

„Angst ist kein guter Ratgeber", erwiderte Wimmer, der sehr wohl erkannte, wie aufgeregt Schlömer war.

„Ich meine ja nur...", fuhr Schlömer ein wenig kleinlaut fort.

„Da!", sagte sie und deutete auf die linke Seite des Gebäudes. „Da ist eine Außentreppe, die zu einer Türe in die zweite Etage führt. Mit ein wenig Glück ist die Türe oben nicht verschlossen. Und daneben ist ein Fenster. Von da aus könnten wir erst einmal vorsichtig hineinschauen."

Wimmer war überrascht. Wie schnell Schlömer von ängstlich besorgt auf angriffslustig umschaltete, gefiel ihm.

„Ich will ja nichts sagen", meinte Wimmer, „aber sowohl der Weg zur Treppe als auch die Treppe selber sind sehr offen und einsichtig. Ob das eine gute Idee ist..."

„Angsthase", konterte Schlömer, die sich nun ein wenig über Wimmer amüsierte, weil er die Bemerkung offensichtlich sehr persönlich nahm.

„Angsthase?", sagte er. „Wer ist hier ein Angsthase", und ging einfach los, auf die Außentreppe zu.

Schlömer hatte Angst, dass Wimmer nun, um sich keine Blöße zu geben, den Mutigen spielte. Dabei würde er vermutlich alle Vorsicht über Bord werfen.

„Sebastian!", zischte sie halblaut, aber Wimmer hörte es nicht mehr und ging weiter auf die Außentreppe zu. Ihr blieb nichts Anderes übrig, als ihm zu folgen.

Langsam erklommen sie die Außentreppe, vorsichtig spähend, ob sie niemand sehen oder beobachten könnte. Zu auffällig durften sie sich nicht umsehen, sonst würde jeder, der sie zufällig sah, Verdacht schöpfen und dann hätten sie ein großes Problem.

Oben angekommen, schaute Wimmer vorsichtig durch das Fenster in das Laborgebäude. Er sah, dass es sich um eine riesige Halle handelte, die einfach gemauert war. Seitlich der Wände und an der Decke befanden sich eine Reihe von Stahlträgern und Streben. Rund um die Halle liefen einfache Fußwege, Metallstege aus Lochblech, die von Etage zu Etage mit Stahltreppen verbunden waren.

Doch was er in der Mitte der Halle sah verschlug ihm fast die Sprache.

Er bückte sich und setzte sich neben die Türe auf den Boden.

„Was ist?", fragte Schlömer ängstlich.

„Das..., das glaubst du nicht", sagte Wimmer.

Schlömer stand auf und wagte ebenfalls einen Blick durch das Fenster. Mitten in der Halle befand sich eine riesige Kugel. Sowohl die Kugel als auch der übrige Versuchsaufbau, den sie sah, ähnelte exakt dem, den sie in Aachen in ihrem Labor hatten. Nur war hier alles viel, viel größer. Die Kugel hatte einen Durchmesser von annähernd 10 Metern und stieß fast an das Hallendach, das sich noch einige Stockwerke über Schlömers Standpunkt befand. Ihr Herz schlug wild, und auch ihr blieb für einen Moment die Sprache weg.

„Hast du das gesehen, was ich gesehen habe?", fragte sie Wimmer.

Er nickte nur.

„Wenn es das ist, wonach es aussieht, und dann auch noch funktioniert, dann ist das eine höchst gefährliche Energiequelle", sagte er.

„Auf jeden Fall scheinen wir die Mörder von Dr. Andres in unmittelbarer Nähe zu haben. Sie haben ihn umgebracht und seine Pläne gestohlen. Und hier haben sie den Versuch um ein Vielfaches größer nachgebaut", erregte sich Schlömer.

Wimmer hatte in der Zwischenzeit an der Türe gefühlt und zu seinem Erstaunen festgestellt, dass sie nicht abgeschlossen war.

Vorsichtig, ganz vorsichtig öffnete er die Türe und beide huschten durch den geöffneten Türspalt. Ganz leise schlossen sie die Türe wieder, obwohl man die Türe bei der Geräuschkulisse in der Halle wohl kaum gehört hätte.

Es war nicht besonders laut in der Halle, doch war ein beständiges Summen und leises Dröhnen zu hören. Die beiden wussten, dass diese Geräusche von den Stromgeneratoren kamen, die die Energie im entscheidenden Moment liefern mussten.

Sie legten sich auf den stählernen Fußweg, krochen vorsichtig nach vorne, bis sie soweit vorgestoßen waren, dass sie über den Rand sehen und die gesamte Halle überblicken konnten.

Sie lagen regungslos da und warteten, ob irgendetwas passieren würde. Nach ewig langen fünf Minuten meinte Wimmer:

„Was ist, wenn die „Party" gar nicht hier stattfindet? Was ist, wenn wir den Hinweis völlig falsch verstanden haben?"

„Party hin, Party her.", erwiderte Schlömer, „Was auch immer Dr. Kramer damit gemeint haben sollte. Ich glaube, dass wir nach wie vor auf genau der richtigen Fährte sind. Man wollte uns auf dem Weg hierher erschießen. Und der gesamte Aufwand hat sich gelohnt, bei dem, was wir hier im Moment vor uns sehen. Warten wir einfach noch eine Weile."

Es vergingen weitere endlose Minuten, bis endlich im Erdgeschoss eine Türe geöffnet wurde. Es kamen insgesamt elf Männer und zwei Frauen herein. Sieben der elf Männer und die beiden Frauen waren mit Laborkitteln bekleidet und trugen Schutzbrillen in ihren Händen. Die übrigen vier Männer trugen dunkle Anzüge und Sonnenbrillen.

„Die vier da unten", flüsterte Wimmer, „sehen verdammt auffällig unauffällig aus. Wie aus einem schlechten Mafiafilm."

Genau so sahen sie aus, dachte auch Schlömer und ihr war nicht sehr wohl bei dem Gedanken.

Die vier Herren von der Security verteilten sich um die übrigen neun Personen. Einer der sieben Männer stellte sich nun vor die Gruppe.

„Meine sehr geehrten Damen und Herren und liebe Mitstreiter für unsere gerechte Sache", begann er. „Es ist mir eine außerordentliche Freude und noch dazu eine besondere Ehre, die, ich will es einmal so nennen, geistige Elite, die Crème de la Crème unseres Wissenschaftszweiges hier in meiner bescheidenen Halle begrüßen zu dürfen."

„Oh Gott, schmiert der denen Honig ums Maul", flüsterte Schlömer. „Was erzählt der denn da von einer gerechten Sache?"

„Das ist bestimmt Dr. Fricke", flüsterte Wimmer zurück.

„Ich freue mich ganz besonders, dass Sie meiner Einladung gefolgt sind und gemeinsam mit mir..." Er wurde unterbrochen, weil die Türe im Erdgeschoss erneut geöffnet wurde und ein weiterer Mann mit halb geöffnetem Laborkittel herein kam. Er machte einen abgehetzten Eindruck.

„Entschuldigung", sagte der zu spät gekommene, „aber ich wurde noch aufgehalten. Entschuldigung."

„Siehst du was ich sehe?", fragte Wimmer flüsternd.

„Aber ja", erwiderte Schlömer ebenfalls flüsternd. „Den Schlacks mit dem halboffenen Kittel kennen wir doch. Das ist Schäfer, unser Personalchef!"

„Ex-Personalchef", sagte Wimmer. „Jetzt wird mir einiges klar. Wir sind vermutlich nur zwei Etagen vom Mörder von Dr. Andres entfernt."

„Schäfer wusste, was Dr. Andres wirklich machte. Er hatte auch Zugang zu den Labors. Er hat Dr. Andres getötet, die Unterlagen mitgehen lassen und uns kurz darauf gefeuert."

„Na klar, wir hätten ihm über kurz oder lang ja auch sehr gefährlich werden können."

Sie lugten wieder nach unten. Dr. Fricke nahm seine Begrüßungsworte wieder auf:

„Also wie ich soeben schon sagte, bin ich hocherfreut Sie hier und heute begrüßen zu dürfen.

Was ich Ihnen heute hier vorstellen werde, wird vermutlich Ihre kühnsten Erwartungen noch weit übertreffen. Schlicht gesagt stehen Sie im Moment vor dem Kraftwerk der Zukunft und der stärksten Waffe, die uns jemals zur Verfügung stand."

Er machte eine kurze Pause, um die Bedeutung der eben gesagten Sätze zu betonen.

„Ich will es Ihnen ein wenig näher erläutern…"

Wimmer stieß Schlömer an und deutete nach unten auf einen der Securitymänner. Er hielt seine rechte

Hand ans Ohr, wohl um den Ohrhörer fester in die Ohrmuschel zu drücken. Vermutlich sagte man ihm gerade etwas. Er schaute nach oben. Schnell zogen Schlömer und Wimmer ihre Köpfe zurück und wagten nicht mehr an den Rand zu kriechen und zu sehen, ob er noch nach oben schaute.

„Meinst du, er hat uns gesehen?", fragte Schlömer.

„Und ob", sagte Wimmer. Er hatte in der Zwischenzeit den Video-Kamera-Scanner eingeschaltet und gescannt. Er zeigte Schlömer das Bild. Sie konnten sich in voller Größe auf dem Bildschirm sehen.

„Wir Idioten", flüsterte Wimmer hastig. Er drehte sich um und sah genau über sich, über der Eingangstür die Kamera, die sie nun genau im Fokus hatte.

„Oh, verdammt", entfuhr es Schlömer. Hektisch fragte sie: „Und was jetzt?"

Wimmer lugte über den Rand des Metallstegs und sah, wie die vier Securitymänner in verschiedene Richtungen liefen. Einer verließ das Gebäude, zwei stürmten jeweils eine Stahltreppe herauf. Einer verließ die Halle durch die Türe, durch die die Personengruppe eben hereingekommen war.

Die Leute der Forschergruppe standen in ihren Laborkitteln wie versteinert im Erdgeschoss und sahen nach oben.

„Halt!", rief von unten Dr. Fricke. „Bleiben Sie wo sie sind! Rühren Sie sich nicht vom Fleck!"

„Wimmer, Schlömer!", rief Schäfer. „Machen Sie jetzt keinen Fehler. Ihnen wird nichts passieren!"

„Natürlich wusste Schäfer Bescheid, dass wir zwei ihm auf der Spur waren", dachte Wimmer. „Natürlich konnte er uns sofort mit Namen ansprechen. Er wusste ja, wie nah wir ihm mittlerweile sein mussten, … und natürlich glaube ich ihm jetzt kein Wort."

Sie schwebten in aller höchster Gefahr.

„Schnell", rief Wimmer, stand auf und stürmte zu der Ausgangstüre.

Er öffnete sie, blieb aber sofort stehen. Schlömer prallte gegen ihn, weil sie nicht damit rechnete, dass er so abrupt stehen blieb. Unten am Gebäude kam der Securitymann gelaufen und schaute nach oben zur Türe. Schnell schloss Wimmer die Türe wieder und schob den Innenriegel der Türe zu. Dadurch konnte der Securitymann nicht mehr durch die Türe hereinkommen. Gleichzeitig schnitten sie sich aber damit einen möglichen Fluchtweg ab.

Schlömer drehte sich um und lief nach rechts über den Metallsteg. Wimmer blieb nichts Anderes übrig. Er lief hinterher.

Unten sah er, wie die Personengruppe in Panik den Raum verließ. Lediglich Dr. Fricke und Schäfer blieben stehen und beobachteten die Situation.

Einer der Securitymänner hatte ihre Richtung gewählt und lief die Stahltreppe hinauf, über den Gang in der ersten Etage auf die Stahltreppe zur zweiten Etage zu.

Wimmer und Schlömer liefen an dieser Treppe vorbei, auf die Stirnseite des Gebäudes zu. Am Ende des Ganges führte je eine Treppe nach oben und nach unten.

Da eine Flucht nach oben aus dem Gebäude sehr unwahrscheinlich zu sein schien, entschieden sie sich für die Treppe nach unten. Sie liefen, so schnell sie konnten, mittlerweile von Panik erfasst, die Treppe hinunter.

„Bloß nicht stolpern", dachte Schlömer. „Angst ist kein guter Ratgeber", fiel ihr die Bemerkung von Wimmer von vorhin wieder ein. „Wenn man in Panik rennt, kann man nicht mehr klar denken."

In dem Moment fiel der erste Schuss. Direkt neben Wimmer schlug das Projektil auf das Treppengeländer, wie sie am Funkenflug erkennen konnten. Reflexartig duckten sie sich, liefen dann aber weiter.

Ein weiterer Schuss fiel. Schlömer brach schreiend vor Schmerz zusammen.

„Susanne!", schrie Wimmer, beugte sich über sie und sah, dass Schlömer am rechten Oberarm getroffen war. Sofort strömte Blut aus der Wunde.

Schlömer konnte sich vor Schmerzen kaum bewegen.

„Schnell", rief Wimmer. „Steh´ auf!". Er drehte sich um und sah, dass der Securitymann nur noch wenige Meter von ihm entfernt war. Mit einer Waffe in der Hand stürmte er auf die beiden zu.

Wimmer war in diesem Moment blind vor Wut. Er duckte sich, lief dann auf den Securitymann zu und sprang ihn, mit den Füßen voran, an. Er traf ihn mit dem rechten Fuß an der Brust. Damit hatte der Mann nicht gerechnet. Er verlor sein Gleichgewicht und stürzte. Im letzten Moment konnte er sich am Geländer festklammern und fiel dadurch nicht in die Tiefe.

Wimmer nutzte die Gelegenheit und stürmte an ihm vorbei.

Zweifel plagten ihn. Er konnte Susanne doch jetzt nicht einfach da liegen lassen. Aber er konnte nur Hilfe holen, wenn er jetzt entkam. Er sprintete zur nächsten Treppe. Noch bevor er sie erreichte fiel der nächste Schuss, der ihn in die linke Hand traf. Er war so voller Adrenalin gepumpt, dass er den rasenden Schmerz zwar spürte aber einfach weiter lief. Stehen bleiben hieß vermutlich sterben, dachte er sich.

Er stürzte die Treppe hinunter, rappelte sich am Boden des Erdgeschosses wieder auf und lief auf die Forschergruppe, die wie angewurzelt und unter Schock stehend noch an derselben Stelle stand wie vorhin, zu.

Schlömer hatte inzwischen das Bewusstsein verloren.

Wimmer rannte auf Dr. Fricke und Schäfer zu. „Ich muss Dr. Fricke als Geisel nehmen, als Schutzschild", dachte er. Er hörte wie die Personengruppe, die nun den Hallenausgang verließ, schrie und kreischte. Er stürzte auf Dr. Fricke zu, doch der wich schnell aus. Wimmer stolperte an Dr. Fricke vorbei genau auf Schäfer zu. Schäfer stand offensichtlich auch unter

Schock. Er versuchte zwar, sich zu wehren, war aber nicht schnell genug. Wimmer fasste ihn, drehte ihn um seine eigene Achse und hielt ihn nun als lebendigen Schutzschild vor sich.

Schäfer versuchte nun, sich aus dem Griff herauszuwinden, aber Wimmer ließ ihn nicht los und hielt ihn in dieser Stellung vor sich fest. Dann sah Wimmer, wie Dr. Fricke einen Revolver aus seinem Kittel zog und ihn auf Wimmer richtete.

„Nicht schießen!", rief Wimmer. „Sie werden Schäfer treffen!", und war sich in genau dem Moment darüber im Klaren, was Dr. Fricke vorhatte. Schäfer war sein Verbündeter und vermutlich der einzige Mitwisser. Er würde versuchen, Schäfer und Wimmer zu erschießen. Alle Augenzeugen und Mitwisser wären dann tot.

Wimmer hörte den Schuss, merkte, wie Schäfer in seinen Händen zusammenbrach und merkte, dass auch er von der Kugel in der Brust getroffen worden war. Er griff mit der Hand an die Wunde. Blut strömte durch sein Hemd. Ungläubig starrte er zu Dr. Fricke. Er merkte, wie ihm schwarz vor Augen zu werden drohte.

Dann hörte er Rufen und Schreien. „Halt! Stehenbleiben! Polizei."

Schüsse hallten durch die Halle und mindestens eine Blendgranate wurde gezündet. Wimmer wurde bewusstlos.

KAPITEL 19

Wimmer öffnete die Augen. Er konnte zunächst nichts sehen, weil ihn das helle Licht sehr blendete. Als sich die Augen an das Licht gewöhnt hatten, konnte er zunächst nichts erkennen, alles war verschwommen.

Er spürte ziemliche Schmerzen in seiner linken Hand. Ihm fiel wieder ein, was er erlebt hatte. „Susanne!", stieß er hervor und wollte sich aufrichten, doch es ging nicht.

Langsam öffnete er wieder die Augen und versuchte, sich zu orientieren. Er lag offensichtlich in einem Bett. Er blickte nach oben und sah die Büroleuchten ähnlichen Lampen. Links von sich sah er das Gestell mit den Flaschen. Er stellte fest, dass er wohl in einem Krankenhaus liegen musste.

Er schloss die Augen und versuchte ruhig durchzuatmen. Dabei versuchte er, sich an die Vorgänge bis zu seiner Bewusstlosigkeit zu erinnern. Es machte ihm aber große Mühe, sich zu konzentrieren. Mühlsteine schienen sich in seinem Kopf zu drehen. Dabei rieben sie immer wieder aneinander. Es wurde ihm übel.

Nach einer Weile öffnete er wieder die Augen. Es ging ihm schon ein wenig besser. Nun bemerkte er, dass seine linke Hand komplett verbunden war. Mit einer Kanüle, die in seinem linken Unterarm steckte, war er mit den Flüssigkeiten vom Tropf verbunden. Den

Oberkörper konnte er nicht bewegen. Zumindest nicht schmerzfrei. Mit der rechten Hand zog er die Bettdecke ein wenig beiseite und merkte, dass sein gesamter Oberkörper verbunden war.

„Na bravo", dachte er. „Zumindest scheine ich es ja überlebt zu haben."

Er sah sich weiter um. Der grüne Kunststoffboden, die grünen Wände... er war sich ziemlich sicher, im Aachener Klinikum zu liegen. Es sei denn, ein anderes Krankenhaus hätte dieselbe Farb- und Materialwahl für die Innenausstattung gewählt.

Man musste ihn also nach hier transportiert haben.

Die Tür wurde vorsichtig geöffnet und jemand schien hereinzusehen.

„Er ist wach", hörte er eine Männerstimme sagen.

Die Tür wurde vollständig geöffnet und der untersetzte Kommissar Schütte, wie immer mit einem Jackett, bei dem die Ärmel viel zu lang waren bekleidet, kam herein. Dahinter betrat Susanne Schlömer den Raum, dicht gefolgt von einer Krankenschwester.

„Ich bitte Sie, der Patient braucht Ruhe. Bitte nur ganz kurz. Er muss noch viel schlafen und sich von der Narkose erholen", wurden die beiden anderen sofort von der Krankenschwester belehrt.

„Hallo Sebastian", sagte Schlömer und gab Wimmer einen sanften Kuss auf die Stirn.

„Mein Gott", brachte Wimmer schwer heraus, „bin ich froh, dich zu sehen. Wie geht es dir? Was macht dein Arm?"

Schlömer hatte den Arm in einer Schlinge, die um ihren Nacken führte.

„Ach", meinte sie. „Mir geht es schon wieder recht gut. Noch ein bisschen Schmerzen, aber es geht schon wieder."

„Typisch Susanne", dachte Wimmer. Spielt nicht die Leidende sondern lieber die Bescheidene.

„Na, Herr Kommissar", versuchte er den Kommissar anzulächeln, „kommen Sie mich jetzt verhaften?"

Der Kommissar lächelte zurück und meinte zu Schlömer: „Der hat offenbar noch nicht genug abgekriegt." Und zu Wimmer: „Herr Wimmer, ich bin froh, Sie wieder lebendig und wach zu sehen. War wohl nicht ganz einfach."

„Was war denn überhaupt? Wie lange war ich denn ohne Bewusstsein?"

„Drei Tage", sagte Schlömer.

„Drei Tage?" entfuhr es Wimmer.

„Nicht aufregen, sonst müssen Sie das Zimmer leider verlassen", mahnte die Krankenschwester die beiden Besucher.

„Ja", sagte Schlömer. „Volle drei Tage hast du dir gegönnt, bevor es dir beliebte, wieder wach zu werden."

„Aber ich kann doch nicht drei Tage am Stück geschlafen haben", rätselte Wimmer.

„Das ist richtig", erklärte die Krankenschwester. „Sie sind mit zwei heftigen Verletzungen per Hubschrauber hier eingeflogen worden. Der Notarzt hat Sie bereits vor Ort mit Narkosemittel bewusstlos gehalten. Dann musste in einer Not-OP ein Projektil aus Ihrer Lunge entfernt werden. Anschließend wurden Sie in ein künstliches Koma versetzt."

„Aus der Lunge?", fragte Wimmer.

„Ja, aus der Lunge", sagte nun er Kommissar. „Der Schütze hatte eine großkalibrige Waffe benutzt. Das Projektil ist glatt durch das weitere Opfer, Herrn Schäfer, durchgegangen und ist bei Ihnen noch bis zur Lunge vorgedrungen. Aus der kurzen Distanz ist das durchaus möglich."

„Und dabei hast du riesiges Glück gehabt", sagte Schlömer. „Ein paar Zentimeter daneben, und das Projektil hätte eine Schlagader oder das Herz treffen können."

„Und ein paar Zentimeter tiefer, und Sie wären vielleicht an einem Lungendurchschuss gestorben", ergänzte Schütte.

Wimmer schloss die Augen. Es wurde ihm alles ein wenig zu viel.

Nach ein paar Minuten wurde er wieder wach. Schlömer und Schütte saßen noch neben dem Bett. Schlömer reichte Wimmer ein Glas Wasser.

„Wieso", stammelte Wimmer, „wieso war die Polizei vor Ort? Woher wussten Sie…?"

„Tja, wir sind schließlich die Polizei", sagte Schütte, nicht ohne Stolz in der Stimme.

„Es gab ja genügend Spuren und Hinweise. Und dazu ein wenig Kombinationsgabe…, dann war es nicht mehr so schwer herauszufinden, was vermutlich passieren würde. Aber glauben Sie mir, wir sind überglücklich, dass Ihnen beiden nichts Schlimmeres passiert ist. Sie waren zwar mutig, aber auch schrecklich naiv und leichtsinnig. Vermutlich war Ihnen die Gefahr nicht richtig bewusst."

„Doch, war sie schon", sagte Schlömer. „Aber als Hauptverdächtige in zwei Mordfällen wurde die gesamte Geschichte für uns irgendwann zum Selbstläufer."

„Welche Hinweise hatten Sie denn?" fragte Wimmer.

„Nun", holte Schütte aus, „zunächst war da Ihre Flucht, Hals über Kopf nach Sevilla. Ohne auch nur daran zu denken, irgendwelche Spuren zu vermeiden oder zu verwischen. Dennoch dauerte es eine gewisse Zeit, bis wir herausgefunden hatten, dass Sie nach Sevilla geflogen waren.

Wir haben uns sofort mit den Kollegen in Sevilla in Verbindung gesetzt. Über diese Kollegen erfuhren wir, dass Dr. Kramer, ein deutscher Wissenschaftler in Sevilla unmittelbar nach Ihrem Auftauchen ermordet worden war. Sie standen wieder unter dringendstem Tatverdacht. Dann erfuhren wir von dem Mordversuch an zwei deutschen Touristen, mitten in Sevilla. Da war mir zum ersten Mal klar, dass Sie sich in höchster Gefahr befanden und vermutlich nicht die Mörder waren. Als wir Ihr Hotel herausgefunden hatten, waren Sie von dort spurlos verschwunden. Dass Sie das Land so schnell wieder per Flugzeug verlassen würden, davon waren wir alle überrascht.

Zwischenzeitlich hatten wir Informationen über eine große Detonation in Ihrem Laborgebäude. Die DNS-Spuren, die wir unter den Fingernägeln von Dr. Andres sichern konnten stimmten überein mit dem genetischen Material, welches wir vom Personalchef, Herrn Schäfer genommen hatten. Auch der war plötzlich spurlos verschwunden.

Dann nahm der Bundesnachrichtendienst Kontakt mit uns auf."

„Der BND?", fragte Schlömer. „Was hatte der BND mit der ganzen Sache zu tun?"

„Jemand hat versucht, die Bundesrepublik Deutschland zu erpressen."

„Und was hatten wir damit zu tun?", fragte Wimmer.

„Die Terroristen drohten mit einer gewaltigen Waffe. Es hatte etwas mit kalter Fusion zu tun. Unterschätzen Sie den BND nicht. Über seine vielfältigen Informationsquellen fand der BND heraus, dass die Herren Dr. Andres und Dr. Kramer irgendwann einmal damit in Verbindung gebracht wurden. Und von da war es nur ein kleiner Schritt zu uns."

„Ja und dann?", wollte Schlömer jetzt wissen.

179

„Die spanischen Kollegen fanden heraus, dass Sie nach Stuttgart geflogen waren. Dort war es ein Leichtes, herauszufinden, welches Fahrzeug, mit welchem Kennzeichen Sie gemietet hatten. Seien Sie mir nicht böse, aber zu dem Zeitpunkt dachte ich, entweder die beiden sind total verrückt oder einfach nur naiv. Sie wären die ersten Täter gewesen, die mich mit Spuren quasi zugeschüttet hätten."

Er musste ein wenig grinsen.

„Auf der Autobahn hinterließen Sie dann eine unübersehbare blutige Spur. Ein aufmerksamer Zeuge des Autounfalles hatte Ihr Kennzeichen notiert. Sofort veranlassten wir eine großräumige Ringfahndung, aber Sie waren offenbar mit Ihrem Fahrzeug schon weiter gekommen, als wir dachten. Als dann ein Streifenwagen das gesuchte Fahrzeug in Pirmasens in der Nähe der chemischen Fabrik fand, zählten wir eins und eins zusammen. Mit einem Großaufgebot an Spezialisten gelang es uns, das Laborgebäude rechtzeitig zu stürmen."

„Gerade rechtzeitig", stöhnte Wimmer.

Nach einer längeren Pause meinte Wimmer: „Gerade eben kam mir Fermi´s Paradoxon in den Sinn."

„Was ist denn Fermi´s Paradoxon?" wollte Schlömer wissen.

„Also Enrico Fermi war ein berühmter Physiker und Nobelpreisträger. Und so gegen Mitte des vorigen Jahrhunderts kam es zu einer Diskussion unter Physikern. Dabei kam man relativ schnell zu der Auffassung, dass das Leben auf unserem Planeten, nach einer Zeit der Abkühlung, ziemlich schnell entstand. Und als das Leben einmal entstanden war, dauerte es nicht mehr lange und das Leben ordnete sich zu Zellverbänden und wurde immer komplexer. Es entstanden immer höhere Lebensformen, an deren darwinistischem Ende im Moment unter anderem wir Menschen stehen."

„Und was ist daran paradox?", wollte nun Schütte wissen.

„Die Physiker kamen nun zu dem Schluss, dass bei Milliarden von Galaxien und Milliarden von Sternen innerhalb jeder Galaxie eine riesige Anzahl von Planeten vorhanden sein müsste, auf denen ähnliche Bedingungen wie auf der Erde herrschen. Wäre auf diesen Planeten nach dem Muster der Erde intelligentes Leben entstanden, so müsste es im Universum nur so von Zivilisationen wimmeln. Mit nur einigen hundert, vielleicht einigen tausend oder sogar Millionen Jahren technologischem Vorsprung vor uns Menschen sollten diese Zivilisationen durchaus in der Lage gewesen sein, den Weltraum zu kolonialisieren."

„Ist immer noch nicht paradox", meinte Schütte irritiert.

„Als Fermi´s Paradoxon ging dann Fermi´s Frage: ‚Und wo sind die dann alle?' in die Geschichte ein".

„Hmm, da ist etwas dran…", sagte Schlömer. „Aber, … dieses Paradoxon fiel dir gerade ein? Wo ist denn da der Zusammenhang?", wollte sie nun wissen.

„Na eigentlich liegt der Zusammenhang auf der Hand", sagte Wimmer lächelnd.

„Eine Erklärung, warum es um uns herum offensichtlich nicht vor extraterrestrischem Leben wimmelt ist, dass Zivilisationen, die technologisch so weit sind, dass sie Raumfahrt betreiben könnten, auch in der Lage sein müssten, Kernfusion zu betreiben" fuhr er fort. „Und dann ist die Gefahr ziemlich groß, dass sie sich, bevor sie mit der Kolonialisierung beginnen können, selber in die Luft sprengen."

„Und dasselbe Schicksal könnte uns auch ereilen", griff Schlömer den Gedanken auf. „Im ‚kalten Krieg' waren beide Seiten in der Lage, die jeweils andere Seite, und damit vielleicht das Leben auf unserem Planeten, dutzendfach mit Atomwaffen zu vernichten. Zum Glück ist es nicht dazu gekommen. Was aber, wenn Atombomben, oder die neue Vakuumenergie in falsche Hände geraten oder für falsche Ideale Verwendung finden? Dr. Fricke war da vergleichsweise wohl nur ein kleiner Fisch."

„Das könnte in der Tat eine, wenn auch keine schöne, Lösung von Fermi´s Paradoxon sein", meinte Schlömer.

„Dann können wir nur hoffen, dass sich immer friedliche Vernunft durchsetzen möge", fügte Schütte hinzu.

„Und wo wir gerade wieder über Paradoxa sprechen…", begann Wimmer erneut. „Das ausgerechnet Schäfer, der Mörder von Dr. Andres, mir als lebendiger Schutzschild das Leben gerettet hat, ist auch ein wenig paradox, oder?"

Außerdem von diesem Autor erschienen:

"I'm dreaming"

Ein spannender Roman rund um Naturwissenschaft, Psychologie, Philosophie, Neurologie und … (luzide) Träume.
Kann ich das Über-Ich ausschalten? Haben wir einen freien Willen? Wie funktioniert luzides Träumen?

Books on Demand
ISBN 978-3-7386-0854-0
9,95 €

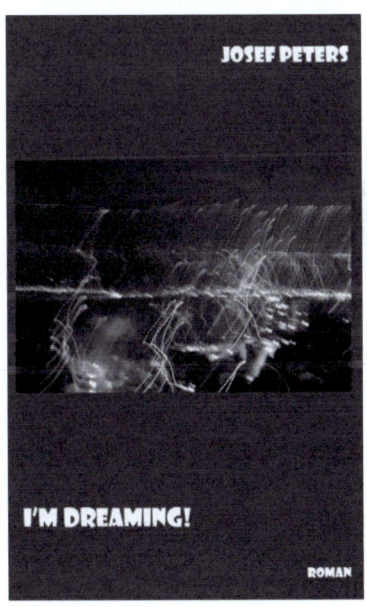

"Pulsar"

Mathias Schneider lebt ein normales Leben in einem normalen Job. Wäre da nur nicht das ständige Mobbing.
Aber nachts…, nachts driftet er in die Traumwelt der ‚Pulsar'.

Books on Demand
ISBN 978-3-7557-6742-8
7,99 €

Peters, Finanzbuchhaltung am PC
Arbeitsbuch und Beleggeschäftsgang
100 Seiten
ISBN: 978-3-00-034870-9
12,95 Euro
Beim Autor bestellen unter: www.jvpeters.de

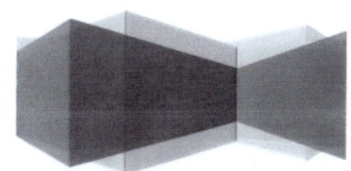

Finanzbuchhaltung am PC
Arbeitsbuch und Beleggeschäftsgang
Dipl.-Kfm. Josef Peters

Peters, Finanzbuchhaltung am PC
Lösungsbuch und Materialien
72 Seiten
ISBN: 978-3-00-034871-6
8,95 Euro
Beim Autor bestellen unter: www.jvpeters.de

Finanzbuchhaltung am PC
Lösungsbuch und Materialien
Dipl.-Kfm. Josef Peters

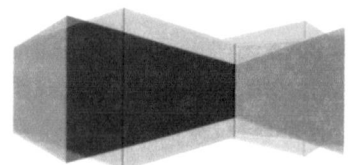